本书受"2022年度高校思想政治理论课教师研究专项一般项目（项目批准号22JDSZK106）"和"2022年江苏高校思政课教育教学改革创新示范点项目"资助出版

细读红楼
儿女情长里的家世兴亡

丁志春 著

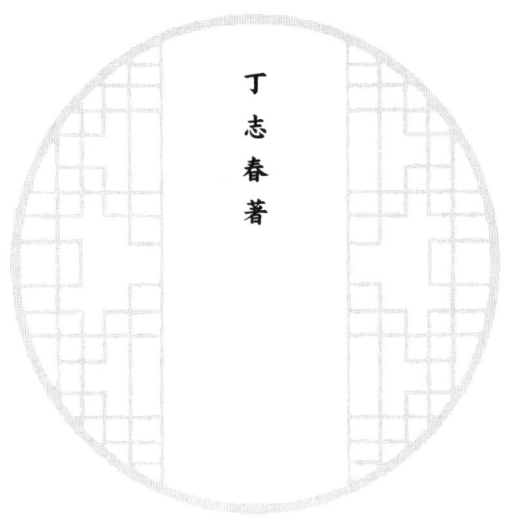

南京大学出版社

图书在版编目(CIP)数据

细读红楼：儿女情长里的家世兴亡 / 丁志春著. ——南京：南京大学出版社，2023.11
ISBN 978-7-305-27402-2

Ⅰ. ①细… Ⅱ. ①丁… Ⅲ. ①《红楼梦》研究 Ⅳ. ①I207.411

中国国家版本馆 CIP 数据核字(2023)第 219071 号

出版发行	南京大学出版社
社　　址	南京市汉口路 22 号　邮　编　210093
书　　名	细读红楼：儿女情长里的家世兴亡
	XIDUHONGLOU ERNUQINGCHANG LI DE JIASHIXINGWANG
著　　者	丁志春
责任编辑	张婧妤
照　　排	南京南琳图文制作有限公司
印　　刷	江苏凤凰扬州鑫华印刷有限公司
开　　本	787 mm×1092 mm　1/16　印张 18.5　字数 220 千
版　　次	2023 年 11 月第 1 版　2023 年 11 月第 1 次印刷
ISBN 978-7-305-27402-2	
定　　价	58.00 元

网址：http://www.njupco.com
官方微博：http://weibo.com/njupco
官方微信号：njupress
销售咨询热线：(025) 83594756

＊版权所有，侵权必究
＊凡购买南大版图书，如有印装质量问题，请与所购
　图书销售部门联系调换

序
遇有趣人　读有趣书

志春是个有趣的人,这一点和我印象中的思政老师是不同的。在我的印象中,思政老师是严肃的、端正的,是小心翼翼而又理智虔诚的,就像孔子门生中那位永远正确的贤人曾参一样,"战战兢兢,如履薄冰"。

《西游记》书中的孙悟空,是一只从石头里蹦出来的石猴,他是跳脱的、灵动的、孤勇决绝而又无所畏惧的,"天不拘兮地不羁,心头无喜亦无悲"。

《红楼梦》里的林黛玉,是西方灵河岸边的一棵绛珠仙草,是钟鼎书香世家的千金小姐,她多愁善感、浪漫忧郁、孤芳自许、目无下尘,"心较比干多一窍,病比西子胜三分"。

我很难想象,一位思政老师是如何把《西游记》和《红楼梦》的人物形象应用到思政课堂上的。然而,有趣的志春做到了。她一边舌绽莲花地讲着思政课,一边请来孙猴子与林姑娘做助教;一边把经典文学艺术里的审美观价值观融入思政教学中，一边又将多年思考梳理总结，自成体系，甚至出了书，真是怎一个有趣了得！

认识一个优秀的人，写作一本有趣的书，完成一堂精彩的课，或是成就任何一件挺特别的事，都需要机缘。

我认识志春近二十年了，亦师亦友。一直关注着她在公众号里解读《西游记》与《红楼梦》的文章，她给我的印象一直是柔软而优雅的，随便一个感性的话题就可以引得她泪湿眼角。作为一名大学思政课教师，她又总是能根据大学生的思维和生活特点来思考一些文学作品，发表一些十分有趣的观点和见解，这样有趣的人讲思政课，自然也是不同的。

而她解读《西游记》与《红楼梦》的角度与观点，更是立意新颖，趣味横生。看了她的解读，我才知道孙悟空并非真的打遍天下无敌手，他很像青少年时代的我们，在不断地碰撞和历练中成长；唐僧也并不是生来就那么坚定执着，他也有普通人的脆弱和不安，取经的历程也是他个人成长的过程；猪八戒也并非我们日常所认为的一味地懒惰贪婪，他更像是芸芸众生的每一个普通的我们；《西游记》和《红楼梦》都是从一块石头说起，两块石头却偏偏走向了不同的人生……

遇一个有趣的人，读一本有趣的书。翻开志春的解读，你会感受到熟悉又不同的取经师徒与红楼十二钗，令人时而忍俊不禁，时而掩卷深思。志春不仅用幽默的语言和独特的视角帮我们解开一

序 遇有趣人 读有趣书

个个难解的谜团,更带领我们领悟出经典著作中所蕴含的深刻人生道理。

西岭雪

2023 年 5 月 20 日

目 录

第一篇 《红楼梦》里悟人生   1

都是石头,差别咋就这么大呢?   3
八卦是贾雨村人生进步的阶梯   7
生于安乐,死于忧患的冯渊   10
贾瑞作死的人生   14
童年的幸与不幸   18
一样的学霸,不一样的人生   22
父母的见识决定儿女的人生高度(一)   26
父母的见识决定儿女的人生高度(二)   30
父母的见识决定儿女的人生高度(三)   34
父母的见识决定儿女的人生高度(四)   39
探春和贾环都不是太太养的   43
赵姨娘熬烂的人生   47

怡红院里的莺莺燕燕（一）	51
怡红院里的莺莺燕燕（二）	55
躺在功劳簿上发脾气的焦大	60
躺在功劳簿上笑看人生的张道士	64
踩着功劳簿逆袭人生的赖家	67

第二篇　《红楼梦》里观世事　73

精致的利己主义者——贾雨村	75
交浅切莫言深	79
一起拐卖妇女儿童案件的始末	84
你的麻烦与我无关	87
凤姐与刘姥姥的高手过招	90
人间清醒刘姥姥	96
是黛玉小心眼儿，还是周瑞家的耍心眼儿？	100
当"牛娃"变成"熊孩子"	104
"呆霸王"其实就是个"熊孩子"	108
《红楼梦》里最失败的老师——贾代儒	112
如果贾雨村的志向是做教师	116
《红楼梦》里最好的老师——林黛玉	119
生活很苦，自己加糖（一）	125

生活很苦,自己加糖(二)	129
小厨房的多事儿	133
不和愚人论短长	139
戴权卖权与凤姐弄权	144

第三篇　《红楼梦》里悲薄命　149

拿错了剧本的甄英莲	151
王夫人与黛玉的初见	155
林黛玉的小心翼翼让你误读了什么?	160
宝钗来迟了	165
女人不吃醋,感情不丰富(一)	168
女人不吃醋,感情不丰富(二)	172
好爸爸与坏爸爸	176
"拎冷壶"的史湘云	180
元春盛宠的背后	185
迎春破不了自己人生的棋局	189
惜春看多了人生的坑	194
妙玉拧巴的人生	199
尤氏藏污纳垢的人生	203
黛玉和袭人的PK	207

袭人：我曾那么接近幸福 211
贫寒女子的绝世美貌 214
司棋一步一步走入死棋 219
没有平台，平儿也就平常 223
蔷薇花下的爱情需要阳光 227

第四篇　《红楼梦》里叹流年　231

那年中秋，月亮引发的一段愁 233
跟着黛玉进贾府 237
《红楼梦》里的元宵节 241
黛玉含酸为哪般？ 245
金钏儿投井事件背后 249
中年妇女谁还不曾是个宝？ 254
谁的手帕会说话 258
贾府里的过年 263
《红楼梦》里的回娘家 268
绣春囊到底是谁的？ 273

写在最后　279

第一篇
《红楼梦》里悟人生

都是石头，差别咋就这么大呢？

我是谁？

我从哪里来？

我到哪里去？

我是一块顽石，一块闲而无用的石头。

当年女娲补天时，三万六千五百块石头都用上了，唯独我这块石头被弃于大荒山青埂峰之下，从此我成为人世间最闲而无用的石头。在多少个空虚寂寞冷的岁月里，我仰望天空，那是三万六千五百块石头补救的天空，而我曾经是他们其中的一个。大家都是石头，凭什么差别这么大呢？

无才可去补苍天，那就干脆到人间去看看罢。机缘巧合，我遇到了那一僧一道，他们谈及人世间的荣耀繁华，那是我从没有到过的世界。我极力说服了他们带我到"那富贵场中、温柔乡里受享几年"①。一僧一道也不算失言，他们把我变作一块通灵宝玉，随着贾

---

① 本文所有《红楼梦》原文引自曹雪芹著：《红楼梦》，人民文学出版社，2008年版。

府公子贾宝玉的出生而落入人间,跟着贾宝玉一起成长,我也算看遍了花柳繁华地,感受了温柔富贵乡,看淡了人情冷暖后,再次回到大荒山青埂峰,我还是一块闲而无用的石头。

话说《西游记》①里也有一块石头,那石头比我块头小多了,我本身"高十二丈",而那石头只有"三丈六尺五寸高"。真可谓英雄莫论出处,浓缩的才是精华,《西游记》里的石头没有等什么一僧一道来提携他,而是自己"每受天真地秀,日精月华,感之既久,遂有通灵之意",枉我还被称为通灵宝玉啊,仙石的美称就这样被它给抢了去。大家都是石头,差距还能再大一点儿吗?

能!

话说《西游记》里的石头,吸天地之精华后见风化成一个神猴,当然也有人叫他妖猴、泼猴。他不是求别人带他去人间的,而是自己登筏渡海,历经很多磨难后进入人世间;他也不是去感受温柔富贵的,而是去求仙问道拜师学艺的。他有勇气、有运气,虽经历了一些波折,却最终拜得了真师,学得了真本领,成了"猴生赢家"。而我呢?苦求了僧道,最终却只是"亲就臭皮囊",在温柔富贵乡里被"声色货利所迷",愧对了"通灵宝玉"之名,得了个"白茫茫一片真干净"的下场。同样都是石头,差别咋就这么大呢?

没有比较就没有伤害,与《西游记》里的石头相比,我还真是一

---

① 本文所有《西游记》原文引自吴承恩著:《西游记》,人民文学出版社,2010年版。

第一篇 《红楼梦》里悟人生

度自卑了很多年,直到我写出《石头记》。

自我的《石头记》问世,人们对我这块石头才刮目相看。我虽没有补天济世之材和利物济人之德,却凭着我的这段离奇人生经历,写出了这么一部传世佳作,刻画了一群奇女子的光辉形象,我这人间啊,没白走这一遭,也算是找到了自己的人生价值。

后来听说有个空空道人把我的故事抄了去,他用了很大劲,只感动了他一个人,这道人自己终变成了情僧,遂不知下落了。再后来听说一个叫曹雪芹的人,用了十年的工夫增删五次,编纂了目录,分了章回,终于把我的故事化腐朽为神奇,在华夏大地传播开来了。

曹雪芹说:"满纸荒唐言,一把辛酸泪。都云作者痴,谁解其中味!"他是真懂我的,红楼所有的女儿最终都在一把辛酸泪中落幕,但是她们在人间留下了最美好、最灿烂的芳华。她们有的才华横溢,有的温柔端庄,有的聪明能干,有的富有远见卓识,她们是人世间所有美好女子的缩影,家庭因为有她们而温暖,人间因为有她们而值得。也正因为有她们,我这块石头的人间经历才显得弥足珍贵。

红楼梦醒,红楼梦了。回看红楼人物,他们的悲欢离合从来不是属于个人的,而是与整个家族命运联系在一起的。在这个院子的儿女情长之下,隐含着三生石畔的前世情缘,青年们单纯无忧的青春王国,世家大族盛衰兴亡的世事变迁,以及炎凉冷暖的人生况味。读懂了她们的儿女情长,也就读懂了整个时代的家世兴亡。

人世间没有完全相同的两块石头,石头与石头终是有差别的。

是的,我承认我的人生不如《西游记》里石头的人生那么惊天动地,可是那又怎样,至少我也到人世间走了一遭,也算求仁得仁了。重新回到大荒山无稽崖,我不会再像当初那样自怨自艾,也不会再贪恋红尘,我的生活闲适而平静,我可以和所有喜欢石头的人聊石头的故事,聊人世间一切美好的人生。

如果你也喜欢石头的故事,就请你泡上一杯茶,点上一炉香,和我一起走进《红楼梦》,读一读石头的故事。

八卦是贾雨村人生进步的阶梯

"八卦新闻",从它产生之初就有到处搬弄是非、凭空捏造的意思。因其大部分都有侵犯他人隐私之嫌且经常无事实根据,往往不被正人君子看好,所以只存在于街头巷尾,难登大雅之堂。而在贾雨村这样的人眼里,八卦,是一种重要的人生资源,是贾雨村人生逆袭的阶梯。

贾雨村是一个穷困潦倒的书生,书中第一回说他"原系湖州人氏,也是诗书仕宦之族,因他生于末世,父母祖宗根基已尽,人口衰丧,只剩得他一身一口,在家乡无益,因进京求取功名,再整基业"。可是要考取功名,也得有钱资助啊,一路进京赶考,吃喝拉撒住都是钱啊,从家里带的钱走到姑苏城时就花光了,只能寄居在姑苏城内的葫芦庙里。虽"书籍是人类进步的阶梯",可贾雨村若一辈子都寄居在葫芦庙里,肚子里读再多书,也不能搭成他人生进步的阶梯。

这个世界从来不缺进步的梯子,只是缺一双发现梯子的眼睛。

贾雨村就是那种有梯子就上,没有梯子创造梯子也要上的人。

当下见到甄士隐,贾雨村赶忙上前施礼笑道:"老先生倚门伫望,敢是街市上有甚新闻否?"贾雨村真的只是想问一些新闻吗?"每日卖字作文为生"的贾雨村对甄士隐"禀性恬淡,不以功名为念"的性格岂能不了解?若能从甄士隐这里挖点新闻那当然好,如果不能,这一句刻意的搭讪也就是在甄士隐面前刷刷存在感,混混脸熟,交个朋友吧。

甄士隐也真没有让贾雨村失望,这番刻意的搭讪让贾雨村顺利进入甄家书房,也是这次进甄家让他与甄士隐关系进了一步,甄士隐成为资助他进京赶考的赞助商,贾雨村找到了他人生进步的第一个阶梯。

贾雨村的第二次人生低谷发生在被革职后。书中第二回说贾雨村虽考了进士,得了官,但被上司寻了空隙,参了一本,革职后开始游山玩水,在扬州城内,贫病交加,寄居在一旅店里,生计堪忧之时,听闻巡盐御史林如海家招聘家庭教师,便托人找关系做了林家的私塾先生。贫病交加、困居旅店的贾雨村是怎么听闻林家招聘的消息,又是怎么托人找关系的呢?估计没有一点八卦精神也是做不到的吧!

做了林家私塾先生的贾雨村,工作比较轻松,一天下馆子喝酒,遇到了另一个堪称娱记的八卦人物——冷子兴,两人算是旧相识,相见后贾雨村仍然是打听新闻:"近日都中可有新闻没有?"八卦娱记冷子兴遇到了八卦新闻忠粉的贾雨村,二人相谈甚欢,八卦新闻成了他们的下酒菜。

冷子兴给他带来了一个头条热搜——贾家那些不得不说的事儿。也是这个八卦让贾雨村不仅了解了贾家的一些独家秘闻,足得知了一条重要信息:他现在的东家林如海,竟是荣国府中贾赦、贾政二人的妹丈。这消息可太重要了,想当年接近甄士隐还需要挖空心思制造机会上前搭讪,林如海这现成的阶梯岂能不用?

甄士隐没有让贾雨村失望,林如海也没有让贾雨村失望。

第一回,甄士隐给了贾雨村钱物后,本来还"意欲再写两封荐书与雨村带至神都,使雨村投谒个仕宦之家为寄足之地",因贾雨村走得匆忙而未能完成,巧合的是,第一回甄士隐没有完成的事情第三回的林如海做到了。林如海修书一封给贾政,在贾政的助力下,贾雨村轻松松轻就谋了个复职的候缺,不到两个月时间,即到金陵应天府上任了。从此,贾雨村人生进步的阶梯越搭越高。

贾雨村在辞别甄士隐的信中说:"读书人不在黄道黑道,总以事理为要",用它来理解贾雨村的八卦精神也同样合适,只要能让他成功逆袭,八卦不八卦的并不重要。

生于安乐，死于忧患的冯渊

冯渊和甄英莲一样，一出场就拿错了剧本。

从冯渊的身世来看，他虽不属豪门，却也算是殷实的小康之家。第四回说他乃应天府"本地一个小乡绅之子，名唤冯渊，自幼父母早亡，又无兄弟，只他一个人守着些薄产过日子"。从买英莲、抢英莲到被打死的过程来看，他手下还有一些家仆，生活相当过得去。这样的人怎么也不应该被列入"薄命郎"名单，偏偏命运弄人，自从遇上了薛蟠，冯渊就逢了冤，英莲就真应怜了。

说这冯渊冤，他真可算上本书中的头号"冤大头"。人名一出现就是个死人，仅几行文字就交代了他的一生，他的整个人生也只是第四回故事中的一个小插叙。他原本是一个衣食无忧的纨绔子弟，"长到十八九岁上，酷爱男风，最厌女子"。偏偏在人群中多看了英莲几眼，"便一眼看上了这丫头，立意买来做妾，立誓再不交结男子，也不再娶第二个了，所以郑重其事，必待三日后方过门"。想来这英莲的样貌自不必说，冯渊的痴情也可见一斑。

看上就看上了，牵手回家，从此之后王子和灰姑娘过上幸福的生活这样不好吗？偏偏童话都是骗人的。同样是做妾，人家贾雨村就能连夜用一顶小轿子把娇杏给收了，这冯渊交了银子还要三日后来娶，尽管这充分显示了他对英莲的一片真心，可是在变化面前，真心是一毛钱也不值啊。

　　冯渊是英莲的第一个买主，全额付款且一次交清，谁知收钱后拐子不讲道义，又偷偷把英莲卖给了强势霸道的薛蟠。拐子虽没能逃脱，可是这冯渊也落了个人财命三空，真是够冤的。他这一番折腾，连命都丢了，不就是为了一个美英莲嘛，而英莲去哪儿了呢？冯渊被打后抬回家三日便死了，英莲在他被打的两日后就被薛蟠强带入京去了。到了京城一段时间后，薛姨妈摆了酒请了客，明堂正道地让英莲做了薛蟠的妾。从后面薛蟠被柳湘莲暴打后，英莲还哭红了眼睛的桥段来看，英莲就算和薛蟠没有爱情，那也是把薛蟠看成了余生的依靠的，英莲的心里心外，都不会再有冯渊的影子。

　　娇妻虽然忘不了，奈何又随人去了。冯渊献出生命的一片深情在英莲的心中也许连一丝涟漪都没有掀起，是不是很冤呢？

　　有因必有果，你的报应就是我。这冯渊冤是够冤的，可是这冤也不是完全没有原因的。抛却薛蟠无情、拐子无义外，冯渊本人就是个长期生活在安乐窝之中的温室的花朵，顺风顺水的生活让他从来就没有忧患意识，完全与现实社会脱节，根本不懂如何保护自己爱的人，包括他自己。

先说他立意娶英莲一事。他为了表示对英莲的重视，执意要三日后用娶妻之仪来迎娶英莲，这一片真心虽令人感动，但是他完全不通时务，不懂"一手交钱、一手交人"的规则。说要以娶妻之仪三日后迎英莲过门，那也得把英莲带走妥善安置或交付于自己可信之人吧，他与那拐子素不相识，就那么草率地把钱交清了，还把英莲留在了拐子的手上，那拐子就算没遇上薛蟠，收了钱也是可以随时带着英莲跑路的啊。所以说，倘若冯渊懂得交钱的第一时间就领人走，哪儿还有后面薛蟠什么事呢？

再说他与薛蟠相争之事。那薛蟠是什么人物？用应天府门子的话说，他"最是天下第一个弄性尚气的人"，用他冯家的家奴的话说，这薛蟠是"金陵一霸"。薛家也是"本省最有权有势、极富极贵的大乡绅名姓"之一。冯渊并不是外来户，是土生土长的本地人士，连这些小人物都知晓薛蟠的后台和本性，他岂能不了解薛蟠这号人物？明知道这是个弄性尚气的恶霸，却要与这样的人硬碰硬地争美人，当然就无异于鸡蛋碰石头了。

最后说他养的家仆。在冯渊与薛蟠争英莲的过程中，书中是这样写的："那薛家公子岂是让人的，便喝着手下人一打，将冯公子打了个稀烂，抬回家去三日死了。"打人的是薛蟠的手下人，被打的是冯渊，那冯渊不是也有家仆嘛，冯渊被打死，也没见书中写他的家仆死伤状况，他手下的人但凡有一个舍命护主的，冯渊也不至于被打死吧？可见冯渊平日也不懂治家驭人之术。在冯渊死后，冯家的家奴告状是为冯渊申冤吗？连门子都看得一清二楚："那冯家也无甚要紧的人，不过为的是钱，见有了这个银子，想来也就无话了。"冯渊父母早亡，又无兄弟，这银子自然也就落入了冯家仆人手中了，门子的判断一点儿也没错，冯家家仆拿了钱后，就再也不告状了。

所以说，冯渊也是个拿错剧本的人，生于安乐的他本不该是薄命郎，转角遇到的不一定是爱，也可能是灾难的开始。如果他能预知后事的话，应该知道，他选择的让英莲过门的日子真不是个好日子。

于他不是，于英莲不是，于薛家也不是。

贾瑞作死的人生

贾瑞是怎么死的？

作死的！

贾瑞从小父母双亡，跟着祖父母过活，虽说不能像贾府的爷们那样大富大贵，可他好歹也算贾家家族的一个爷，有祖父的教书工资，有贾家的名望地位，但凡他能安分守己、勤学上进，小日子还是会过得很不错的。

然而，再好的日子都抵不过一个爱作的人。

书中第九回说，"贾瑞最是个图便宜没行止的人，每在学中以公报私，勒索子弟们请他；后又附助着薛蟠图些银钱酒肉，一任薛蟠横行霸道，他不但不去管约，反助纣为虐讨好儿"。他纵容包庇薛蟠，欺压其他学员。正经的一个爷，还要被宝玉的小厮李贵教训："不怕你老人家恼我，素日你老人家到底有些不正经，所以这些兄弟才不听。就闹到太爷跟前去，连你老人家也是脱不过的。"李贵虽然一口一个"你老人家"的，也只是表面的敷衍语，他话里话外都在指责贾瑞德行有亏，可见贾瑞在私塾的学子中也毫无威信可言。

第一篇 《红楼梦》里悟人生

不过这里贾瑞再作,也只是在私塾里作。偏偏这私塾的小天地盛不下贾瑞那颗骚动的心,贾瑞终还是扬帆驶向了他作死的江湖。

贾瑞前行的目标是凤姐。

在众人眼中,凤姐杀伐决断言语泼辣,可是在贾瑞眼中,凤姐自有容貌娇美、袅娜风流的女儿态,特别是那个贾琏还是个拈花惹草的人,想必凤姐常会独守空房寂寞空虚。贾瑞凭着这几分主观判断,再看看镜子中自己俊美的容颜,立马就觉得哥就是男王,自信放光芒!第十一回,在贾敬的生日宴席上,贾瑞中途溜出,制造了一起与凤姐的巧遇,他希望这次邂逅可以演绎成一段美丽的故事。

凤姐是何等人物,一眼就看透贾瑞的小心思,她一面假意逢迎,一面心里嘀咕:"这才是知人知面不知心呢,哪里有这样禽兽样的人呢。他如果如此,几时叫他死在我的手里,他才知道我的手段!"面对贾瑞的作,此时的凤姐虽然心里骂贾瑞是个禽兽东西,但如果贾瑞到此为止,凤姐也不会拿他怎么样,毕竟这也不是什么光彩的事,真要闹开了,凤姐也讨不了什么好处,因此再强势的凤姐也只能忍气吞声了。事实上,如果贾瑞不再作,凤姐几乎就把贾瑞这号人给忘了。

然而,贾瑞没有让凤姐忘了他。

贾敬过生日这一天,邢、王二夫人问及秦可卿的病时,尤氏道:"他这个病得的也奇。上月中秋还跟着老太太、太太们顽了半夜,回家来好好的。到了二十后,一日比一日觉懒,也懒待吃东西,这将近有半个多月了。"从上月中秋、将近半个多月这些字眼可以看出,贾敬生日应该在九月份左右,而这一天,贾瑞在宁国府的园子里遇到了凤姐,之后直到腊月初二,凤姐与贾瑞都没有交集。

事情就在腊月初二这天有了变化。第十二回,凤姐从宁国府看望秦可卿回来,听平儿说贾瑞来请安,而且正说着,贾瑞真又来了,这才引得了凤姐为他设局。即便如此,凤姐也只是让他在穿堂里受冻了一夜而已,至于他回家后被贾代儒打了板子,冻着饿着在风里念书,那也不能直接算到凤姐头上。

要在作的江湖飘,哪有不挨刀。吃这么一番苦头后,贾瑞若就此罢手也就算了,可是贾瑞的作就像沙漠里的仙人掌,越是干旱越能生长。

过了两日,好了伤疤忘了疼的贾瑞又来找凤姐,逼得凤姐再设一局,让贾蓉、贾蔷勒索他在前,又引他到后门藏身处被浇了一身屎尿,如此回家后就添了病症。到了这时,贾瑞再蠢也意识到了这是凤姐的手段。

所谓吃一堑长一智,吃了这么大的亏后,如果贾瑞从此以后能安心养病,家里有贾代儒四处求医问药,家外又有跛足道人送来风月宝鉴和救命指示,他也命不该绝。

第一篇 《红楼梦》里悟人生

然而,贾瑞的人生格言就是要作就作到底,要玩就玩到顶。正如永远叫不醒一个装睡的人一样,一个存心作死的人也是没人能拦得住的。即便是在重病中,在风月宝鉴的治疗期,贾瑞的心里也无一刻不惦记着撩凤姐,直至死亡。

童年的幸与不幸

幸福的人用童年治愈一生，不幸的人用一生治愈童年。

贾兰本可以有一个幸福的童年，因为他有个很牛的老爸。

贾兰的老爸贾珠，是荣国府贾政的嫡长子，第二回，冷子兴演说荣国府时，提到贾珠"十四岁进学"，这里的进学可不是指适龄儿童背着书包上学校那么简单，而是指童生考取生员，进入府、县学读书。鲁迅笔下的孔乙己到老都没有进学，贾珠十四岁就进学，这可比"潦倒不通世务，愚顽怕读文章"的贾宝玉强太多了，妥妥的学霸人设。难怪贾政狠打宝玉时，王夫人口中会哭喊着贾珠的名字。

贾珠的夫人李纨也是出身名门，贾府挑儿媳妇的眼光是不俗的，第四回介绍李纨时，说李纨的父亲乃是国子监祭酒，即国子监的主管官，国子监又是封建社会的最高学府，李纨老爸相当于是这最高学府的校长。"族中男女无有不诵诗读书者"，能被这样的老丈人挑中做乘龙快婿，贾珠应该是个勤学上进的好青年。

父亲是青年才俊，母亲又知书达礼，祖家和外祖家均家世显赫，贾兰也算是含着金钥匙出生的。如果贾珠健在，李纨就是荣国

第一篇 《红楼梦》里悟人生

府的管家媳妇,哪儿还有王熙凤什么事啊。贾珠走仕途经济之道,能得贾政欢心;李纨掌管内务,也会有王夫人支持,他们会成为贾府的权力中心,会住着最好的院子,会使唤着最多的下人,在贾家一双双富贵眼睛中,贾兰就是那个最傲娇的孩子。

可是,这一切都随着贾珠的早逝戛然而止了。

贾珠早逝,李纨守寡,贾兰也不再是众星捧月的人物。与贾宝玉集万千宠爱于一身相比,贾兰从小得到的爱只来自母亲。

贾母孙子孙女众多,顾及不到贾兰也就罢了,而王夫人这个亲祖母对贾兰也非常忽视。第二十五回中,宝玉见了王夫人,"不过规规矩矩说了几句,便命人除去抹额,脱了袍服,拉了靴子,便一头滚在王夫人怀里。王夫人便用手满身满脸摩挲抚弄他,宝玉也搬着王夫人的脖子说长道短的"。这才是正常母子相处的画面。不仅王夫人,邢夫人对宝玉也是百般宠爱,第二十四回中,贾赦偶感风寒,宝玉来请安,"邢夫人便拉他上炕坐了",当着贾兰、贾环的面,邢夫人同宝玉坐在一个坐褥上,又百般摩挲抚弄宝玉。明明贾兰才是最小最该被搂在怀里的。可在贾兰的成长历程中,完全看不到祖母、姑姑、叔叔一众人等与他有过亲昵的举动和深情的交流,有的只是疏离和漠视,也许他们真的把所有的爱都给了宝二叔。

被偏爱的孩子总是有恃无恐,被冷落的永远小心翼翼。二叔宝玉逃学、打架、结交不良少年,但他永远都是祖母、老祖母捧在手心里的宝。贾母把孙子孙女养在身边,却从没过问过贾兰的生活;大观园是宝玉的青春乐园,可是明明贾兰也住在大观园里,姑姑们起诗社、烤鹿肉、放风筝等全无贾兰的身影。贾兰就像一株仙人掌,在没有爱的灌溉下孤独地生长。

与贾宝玉丰富多彩的业余生活相比,贾兰的世界里就只有好好读书。

即使在读书这一项,明明贾兰读书最用功、最勤奋,众人却总是关注宝玉的书读得怎么样。贾兰年纪尚小,却已经和宝玉一起上私塾了,而大观园题对额,却没贾兰什么事;元春省亲当日查考学业,没贾兰什么事;家里来了尊贵的客人需要作陪,也没贾兰什么事;甚至元宵节家庭聚会猜灯谜,也没贾兰什么事。说来可笑的是,就连赵姨娘都认为,只要弄死了宝玉,家私就都是贾环的,好像这家里的财产压根跟贾兰没什么关系。

人生最大的孤独并不是来自独处,而是生活在一群人中,自己却倍感孤独;人生最大的贫困不是物质的匮乏,而是身处膏粱锦绣之中,精神世界却极度压抑;人生最大的失落并不是泯然于众人,而是明明身处聚光灯下,却没有人看得见你。

李纨尽管青春丧偶,却也常和姐妹们玩诗社、占花名、猜灯谜,只是热闹过后,她的孤独寂寞和孑然一身的失落都落入了贾兰的眼中。相比于同龄人,贾兰过早地品尝了人情冷暖,身心过早地有了与年龄不符的成熟。

第一篇 《红楼梦》里悟人生

贾珠的早逝,不仅带走了贾兰的父爱,也带走了本该属于贾兰的童真。贾环虽然常使坏心眼子,却也不时流露出孩子爱玩的天性。他会和莺儿一起玩牌,输了钱会耍赖,被教训后下次继续玩乐。家宴、猜灯谜,贾环也从不缺席。然而,贾兰不会,贾兰唯一一次率真性情的活动——射鹿,那也是他一个人玩的。

贾府里热热闹闹的生活场景好像都与贾兰不相干。宝玉被烫伤,宝玉被打,迎春出嫁,大观园查抄……这些令人伤心的事好像也与贾兰不相干。顽童闹学堂时,宝玉等人与金荣一帮朋友打得你死我活,连族中少年贾菌都看不下去了,贾兰作为宝玉的亲侄子,却拦住贾菌说道:"好兄弟,与咱们不相干。"

贾兰终有一天会头戴簪缨,腰悬金印,当贾府被抄时,当巧姐被"狠舅奸兄"贩卖时,当宝玉或凤姐向贾兰求助时,贾兰也许会对母亲说:"好母亲,与咱们不相干!"

一样的学霸，不一样的人生

这个世界从来不缺少学霸，学霸的成绩都是相似的，学霸的人生却各有各的不同。

贾雨村是从寒门里走出来的学霸，贾雨村的人生经历告诉你：有人天生丽质，也天生励志。

第一回就介绍贾雨村的祖上也是阔过的，只是近几年家道中落，他"也是诗书仕宦之族，因他生于末世，父母祖宗根基已尽，人口衰丧，只剩得他一身一口，在家乡无益，因进京求取功名，再整基业"。可见，青年贾雨村也算是有大志的，他立誓要通过自己的努力再整家业，可是寒门子弟的成长道路哪儿那么容易呢，因缺少学费和生活费，他就滞留在了苏州葫芦庙里。他命虽不好，运还不错，遇到了一个愿意给他提供助学金的老板甄士隐。在甄士隐的帮助下，雨村顺利进京参加科考。

这古代的科考和今天的高考有相似的地方，也有不同的地方。相似就在于都是关系读书人命运的重要关节，不论门第、财富、地位，学子们都可以在同一场考试中公平竞争。不同的是古代的科举考试比现在的高考要难得多,首先并非每年都举行,两三年举行一次都是很正常的。其次,录取的比例很低。"据统计,唐朝290年间开科268次,取进士总数为7 448次,平均每榜取28名。五代53年间开科47次,取进士总数为653人,平均每榜取14人。宋太祖在位17年间开科15次,取进士总数为188人,平均每榜取13人。"①

明清时期,科举取士采取"分省取士"制度,各地寻取比例存在不平衡,"以康熙四十八年(1709年)乙丑科赵熊榜为例,江南省有79人考中进士,而同属南卷的福建、江西却分别只有12人和8人。"②

由此可见,在古代科考试中考中进士的难度有多大了。大致估算了一下,要在古代考中进士,大致相当于现在高考分数位列省前十名。人家贾雨村算是真学霸,这么难的考试,一考就考中了进士,只是初入职场的贾雨村就尝到了官场的残酷,尚未磨平棱角就被革了职,在林家做家庭教师虽很潇洒,无奈贾雨村的人生观是"宇宙的尽头是做官",最终靠着林、贾两家的关系重新进了官场,学会了为官之道,也把自己活成了权力的奴隶、油腻的大叔。

林如海是富贵家庭里走出来的"学霸",他的人生经历告诉你:

---

① 张其凡:《论宋太宗朝的科学取士》,《中科学刊》,1997年第2期,第144页。
② 该数字根据《明清进士题名碑录》统计所得。

有人比你优秀,还比你努力。

林家的祖上袭过列侯,封袭四世,是实实在在的钟鸣鼎食之家,诗礼簪缨之族。如果投胎是门技术活,那林如海的技术可谓炉火纯青。即便如此,他也没有在这种温柔富贵乡里躺平,从小就是"别人家的孩子",在万人挤独木桥的考试中,他不仅考中了进士,还一举拿了全国第三名——探花的好成绩。"金榜题名时,洞房花烛夜"是人生两大幸事,林如海出身好、学习好、娶的老婆还好,嫡妻是贾府最受宠的贾敏,贾府同样是公侯之家。林如海的开挂人生还没完,并不是所有中了进士的人都有官做的,考中了进士只是有了做官的资格,是否能做官还是要看有没有空缺和机会。林如海不仅是科考的探花郎,而且官至兰台寺大夫,又被皇帝钦点为巡盐御史,这可真是读书人的人生"天花板"啊!

出身好、学习好、婚姻好、事业好,林如海活脱脱地把自己变成了学霸中的神话。

你以为学霸的世界只有学习?贾敬的人生经历告诉你:学霸的世界你不懂。

第一回中,根据冷子兴所说,宁国公死后,贾代化袭了官,贾代化死后,贾敬袭了官。这贾敬"如今一味好道,只爱烧丹炼汞,余者一概不在心上"。可是,很少有人注意到,贾敬他老人家可是进士出身的学霸。第十二回,为操办秦可卿葬礼,贾珍给贾蓉买个官职时写道:"祖,乙卯科进士贾敬。"贾敬死后,礼部报给皇帝说贾敬

"系进士出身,祖职已荫其子贾珍。贾敬因年迈多疾,常养静于都城之外玄真观",再次表明贾敬是进士及第。

从宁国公死后的爵位世袭来看,贾敬根本不需要通过科考得官,他躺平接班就可以位列公卿,他的起点就是别人奋斗的终点。可是对于贾敬来说,这天上掉的馅饼不合他胃口,自己的人生自己做主,他偏要用实力自己考个官。贾敬确实是实力派,考试成绩相当不错,一考就中了进士,这可能是贾家子弟中科考成绩最好的人了。

不用科考就能袭官,参加考试就能考中,考中了又放弃官职,贾敬不走寻常路的学霸人生就是为了证明,读书考试不是为了做官,不是为了求财,就是为了能够自己选择生活,而不是被生活选择。

父母的见识决定儿女的人生高度（一）

没有哪个孩子生来就知道对错，他们总是站在父母给的平台上看待这个世界，如果父亲早逝，那么母亲的见识对孩子来说至关重要，几乎可以说决定着儿女的人生高度。

"金寡妇"在《红楼梦》中是个出场连半回都不到的人物，但是她的名字却上了第十回的回目，也许就是想让我们关注一下《红楼梦》里"寡妇"这个特殊的群体。金寡妇是指金荣的母亲，金荣自小丧父，跟着母亲过活。第九回的一场学堂打架事件，让金荣在学堂里闹了气，给秦钟磕了头赔了不是，回到家后金荣还越想越气。金荣的母亲知道事情经过后，既没有安抚儿子的情绪，也没有指导孩子为人处世的方法，她是这样数落儿子的：

"你又要争什么闲气？好容易我望你姑妈说了，你姑妈千方百计的才向他们西府里的琏二奶奶跟前说了，你才得了这个念书的地方。若不是仗着人家，咱们家里还有力量请的起先生？况且人家学里，茶也是现成的，饭也是现成的。你这二年在那里念书，家里也省好大的嚼用呢。省出来的，你又爱穿件鲜明衣服。再者，不

第一篇 《红楼梦》里悟人生

是因你在那里念书,你就认得什么薛大爷了?那薛大爷一年不给不给,这二年也帮了咱们有七八十两银子。"

先是给儿子行为定了性——"争什么闲气"。金荣母亲先就认定儿子的生气是闲来生气,是无理由的,不应该的。接着,她向儿子诉说了在贾家私塾读书的不容易。金荣并不是贾府家族成员,他本没有入学的资格,是金荣的姑妈(贾璜老婆)托了凤姐的人情,才让他有了一个入学的名额。这也进一步印证了闹学堂时茗烟叫嚷的:"他是东胡同里璜大奶奶的侄儿,那是什么硬正仗腰子的,也来唬我们。璜大奶奶是他姑娘。你那姑妈只会打旋磨子,给我们琏二奶奶跪着借当头。我眼里就看不起他那样的主子奶奶!"

可见,金荣能入贾家私塾,确实是他姑妈去求的凤姐的情,但在贾府也没有多大的脸面,虽说他姑父贾璜也是贾家玉字辈的嫡派,但已没有宁、荣二府的气派,贾璜夫妻只是守着一些小产业,在凤姐面前通过曲意逢迎得些好处,想来为了能让侄子入学,贾璜老婆没少在凤姐面前卖弄乖巧。而金荣刚在学堂被茗烟一番嘲笑奚落,现在又听母亲这般唠叨,因家境贫寒而心生自卑。

但是,我们又不能过分责怪金荣母亲,从她的话语中我们也看到她显然是一个被生活压弯了腰的母亲形象。生活的重担让她不得不委曲求全,只希望能够获得一点生存的光芒。这本是底层人民隐忍的优良品质,如果她能教导金荣珍惜这个来之不易的求学机会,帮儿子树立一个正确的人生目标,在隐忍中顽强拼搏,那她也不失为一个有远见的母亲。可惜在她的眼里，更看中的是这个求学机会给家里省的生活费用：请先生的费用、金荣的茶饭费用。

　　这可以看出，幼年丧父的金荣和母亲平日生活条件并不好，金荣母亲对学堂里免费入学，又有免费的茶饭的待遇十分看重。在金荣母亲眼里，金荣入了贾府的学堂，能学到什么知识倒是次要的，第一大好处就是有免费的饭食，从而可以给家里省了很大费用。

　　光是省却了伙食费还是其次，更重要的是，因金荣在那里上学还结识了薛蟠，从而经常得到薛蟠的金钱帮助。这薛蟠也是个阔绰的主儿，这两年帮了金家七八十两银子。七八十两银子确实是个不小的数目，刘姥姥用了那么大力气也才讨得了二十两银子，袭人赌上自己的后半生也才让自己的月例涨到了二两银子。所以这么一大笔钱在金荣母亲眼里，才是金荣上学给家里带来的最大利益。

　　七八十两银子已经足以蒙蔽她的双眼，她只看到儿子有地方上学，却想不到"学中广有青年子弟，不免偶动了龙阳之兴"；她只看到薛大爷出手阔绰，却想不到薛大爷只是假上学之名，只图结交些契弟；她只看到儿子也爱穿鲜明的衣服，却想不到儿子也是薛蟠调戏玩乐的人之一。

　　这显然是一个被贫穷限制了想象力的母亲，可以想象在母亲的苦口婆心下，金荣会怎样委曲求全认清现实，又会为了保住在学堂继续"学习"的机会，怎样继续巴结讨好能给他银子的薛大爷贾大爷们。这是金荣的悲哀，也是金荣母亲的悲哀。

　　生活中金荣的母亲是千千万万的母亲之一，她们对儿女也是爱的，但面对残酷的生活，她们千万百计地求安稳求生存。也正因为能够理解金寡妇这样的母亲的苦衷，我们才更加深深地懂得，被生活压弯了腰，却抬起头来，是一种多么可贵的品质。

父母的见识决定儿女的人生高度（二）

如果说金寡妇是愚的话，那么尤老娘就是蠢。

贫穷限制了金寡妇的想象力，她一个被生活压弯了腰的妇人，不可能知道世家子弟学堂里的勾当，而尤老娘不一样，贾珍、贾蓉的行径是在她眼皮子底下进行的，她就是蠢得看不见。

首先，这尤老娘并非出身贫寒之家。第六十六回，尤二姐对贾琏说三姐心中之人是柳湘莲时，曾这样说："五年前我们老娘家里做生日，妈和我们到那里与老娘拜寿。他家请了一群串客，里头有个作小生的叫作柳湘莲，他看上了，如今要是他才嫁。"这说的是尤老娘娘家办宴会的事，尤老娘娘家人办生日宴，请了一群串客演出，其中一个串客就是柳湘莲。能请得动柳湘莲这样的世家子弟在戏中作串客，足以说明这尤老娘娘家不是一般的人家。

命运待尤老娘可谓厚矣，不仅让她生得好，还让她嫁得好。

尤老娘的第一任丈夫，也就是尤二姐、尤三姐的亲爹，家境相当不错。第六十四回中，贾蓉在向贾琏介绍尤二姐时这样说："我二姨儿三姨儿都不是我老爷养的，原是我老娘带了来的。听见说，我老娘在那一家时,就把我二姨儿许给皇粮庄头张家,指腹为婚。后来张家遭了官司败落了,我老娘又自那家嫁了出来,如今这十数年,两家音信不通。"虽然尤二姐的亲爹早逝,书中并没有写明他到底是什么职位,但是,能娶到家境殷实的尤老娘,还能与做皇粮庄头的张家结亲家,要知道,这皇粮庄头可是专为皇家办事的,可见这尤老娘第一任丈夫的身份地位也非普通人可比。

就算是后来拖着两个女儿改嫁给尤氏的父亲,尤老娘也嫁得相当不错。尤氏的父亲能做得上宁国府贾珍的丈人,即便尤氏是给贾珍做填房,那尤氏父亲也并非一般寒门薄儒,第六十三回贾蓉急跑回家见两个姨娘时,写道:"原来尤老安人年高喜睡,常歪着,他二姨娘三姨娘都和丫头们作活计,见他来了,都道烦恼。"这里称尤老娘为"老安人",明清时"六品官之妻封安人",可见尤氏父亲在世时乃六品官员,家世虽比不得贾、王、史、薛这样的大家族,那也是朝廷命官。尤老娘带着两个女儿改嫁过来,命运对她也算是优待。如果她能好好地相夫教子,认真教导两个女儿,凭她的家世和女儿的容貌,总能有她安身立命之地。

然而,尤老娘就是出清水而染污泥,硬是把自己活成了清流中的"一股泥石流"。

在尤氏父亲去世后,尤老娘便无法忍受清贫的生活,贪图宁国府的表面荣光,她时常带着尤二姐、尤三姐到贾珍府上来住。宁国府污秽名声在外,宁国府姑娘惜春都急忙划清界限,唯恐避之不及,而尤老娘不仅不远避着,而且带着两个未出阁的姑娘到宁国府居住,自称是因为家计艰难,希望得到姑爷帮助,正如六十四回中,她向贾琏说的那样:"我们家里自从先夫去世,家计也着实艰难了,全亏了这里姑爷帮助。"她能常住在宁国府,是因为她是尤氏的继母,而她感念的并不是尤氏,而是姑爷贾珍,可是贾珍又是如何帮助尤氏母女的呢?

在宁国府里,没怎么见尤氏和尤二姐、尤三姐姐妹情深,倒是贾珍、贾琏、贾蓉和她们"百般撩拨,眉目传情"。荣国府里请个大夫来给晴雯这种丫头看病,都只是露个手腕出来,而在宁国府,贾琏、贾蓉、贾珍都可以随便穿堂入室来见尤二姐和尤三姐两个姐妹,连宝玉都和她们很熟,称她们为"真真一对尤物"。而这些情况都是尤老娘看在眼里的,但她没有阻止,是因为可以得到姑爷的帮助。

可谓拿人手短,吃人嘴软,金寡妇为了能继续得到薛蟠的资助,让儿子在学堂里忍气吞声,尤老娘则为了得到姑爷的帮衬,完全不顾两个未出嫁的女儿的名声,因此贾琏、贾蓉、贾珍才敢当着尤老娘的面和她的两个女儿调情。更有甚者,贾珍要和尤三姐独处,尤老娘竟然还能会意,主动和尤二姐一起避开,单留尤三姐和贾珍在室内。

尤二姐本已许婚给张华,但张家家道中落且张华本人沾染了不良习气,如果尤老娘爱女心切而悔婚也尚可理解,然而她就是贪图贾府的财物和虚名,在与张家退婚后,未见贾琏父母,未入荣国府家门,未经媒妁之言,未行基本礼仪,直接让女儿不明不白地做了贾琏的外室。凤姐曾经在宁国府管过家,凤姐的威名和手段可是出了名的,尤老娘蠢到眼睁睁地看着女儿无名无分地踏入贾琏这个火坑。

贾母是贾府中最明智可亲的老太太,她对待一个八竿子打不着的刘姥姥都热情招待,还直呼其"老亲家",然而,从第十一回尤老娘出现在贾敬的寿宴上到贾琏娶尤二姐,都没有见到贾母与她有过任何交集,哪怕凤姐把尤二姐领到贾母面前,得到贾母的认可,贾母也未曾问过尤老娘。可见在贾母的心中,不论从尤氏还是从尤二姐方面看,尤老娘都算不上合格的母亲,自然也不配做贾府的亲戚。

尤二姐、尤三姐一对姐妹花最终双双赴黄泉,固然有她们自己不够自重的缘故,而摊上尤老娘这个妈,更加注定了她们悲惨的结局。

尤老娘出身不差,初嫁、改嫁也都在殷实之家,就算两任丈夫都早逝,她还有两个如花似玉的女儿。她就是明明抓了一手好牌,却最终打个稀烂。

父母的见识决定儿女的人生高度（三）

在贾府做丫鬟，将来的出路有三种：配小厮、当小妾、做自由人。三种结局也显示出贾府里三种不同类型的母亲。

丫鬟配小厮

这是丫鬟们最常见的结局，本身就是奴仆，配了小厮还是奴仆，生的孩子继续在贾家做奴仆，贾府内的很多世代旧仆就是这么来的。比如，赖嬷嬷就是贾府的旧仆，她的儿子赖大和赖大家的继续做贾府的奴仆。第二十回李嬷嬷在骂袭人时就说："你不过是几两臭银子买来的毛丫头，这屋里你就作耗，如何使得！好不好拉出去配一个小子，看你还妖精似的哄宝玉不哄！"再有第七十回林之孝就给凤姐开了个名单："共有八个二十五岁的单身小厮应该娶妻成房，等里面有该放的丫头们好求指配。"可见配个小厮是丫鬟们最常见的结局，这样的婚配如果两情相悦还罢，如果是被强行婚配，那丫鬟们就只能认命了，比如彩霞的婚配。

第一篇 《红楼梦》里悟人生

旺儿媳妇请凤姐做主,为其子求婚配彩霞。关于这旺儿之子的品行,第七十二回林之孝对贾琏说:"依我说,二爷竟别管这件事。旺儿的那小儿子虽然年轻,在外头吃酒赌钱,无所不至。虽说都是奴才们,到底是一辈子的事。彩霞那孩子这几年我虽没见,听得越发出挑的好了,何苦来白糟蹋一个人。"同在贾府当差,林之孝都如此清楚旺儿之子的品行,彩霞妈对女儿的终身大事,岂能不慎重考虑?遗憾的是,当凤姐亲自做媒找彩霞妈提亲时,"那彩霞之母满心纵不愿意,见凤姐亲自和他说,何等体面,便心不由意的满口应了出去"。在彩霞妈的心里,凤姐做主的体面竟比女儿的终生幸福还要重要!

当小妾

丫鬟被主子看上,再被收房当小妾,是她们的第二条出路。成功上岸的代表是赵姨娘,还在努力奋斗之路上的代表是袭人。这条路表面上光鲜亮丽,充满鲜花与掌声,实际上却饱含辛酸和眼泪。赵姨娘是贾政的妾室,还为贾政生下一儿一女,已算是同类中的佼佼者了。可是她一辈子的月例也只有二两银子,相比正室大夫人的月例二十两银子来说,完全无法相比。她的亲哥死了,也只能比照家里的奴才发抚慰金,凤姐骂起她来也是毫不留情。第三十六回赵姨娘向王夫人告状凤姐发放月例迟了,凤姐被王夫人查问之后就骂起了赵姨娘:"糊涂油蒙了心,烂了舌头,不得好死的下作东西,别作娘的春梦!明儿一裹脑子扣的日子还有呢。如今裁了丫头的钱,就抱怨了咱们。也不想一想是奴几,也配使两三个丫头!"

被凤姐骂也就罢了,连地位最卑贱的芳官也敢骂赵姨娘是奴才。第六十回,因一瓶茉莉粉,赵姨娘大闹怡红院引来芳官骂她:"姨奶奶犯不着来骂我,我又不是姨奶奶家买的。'梅香拜把子——都是奴几'呢!"可见不论在凤姐眼中还是在贾府下人眼中,一个妾室的名头并不能让赵姨娘翻身做主人,熬油似的熬一辈子也仍是奴才。更何况如果遇到是老色鬼贾赦这样,见一个爱一个,玩个三天新鲜就丢一边去的,那才更是被糟蹋一辈子。能否阻止丫鬟们这样悲惨命运的,还要看其父母的见识。

袭人从小被家里卖到贾府,后来袭家经济情况好转了,母兄曾提出要赎袭人回去,但看到袭人在贾府日子过得很好,加之宝玉造访花家,与袭人你侬我侬的情形更让袭人妈看到袭人做宝玉妾室的希望,于是便放弃了赎出袭人的念想。赵姨娘的遭遇固然有其做人的失败之处,但是在贾府做妾,一辈子仍是奴才却是不争的事实。在袭人妈的眼中,能在贾府做个妾室也是常人难以企及的高度,至于做了妾室的地位和生活的艰辛,袭人妈是看不到的。

第一篇 《红楼梦》里悟人生

做自由人

丫鬟们的第三条出路,就是被主子放出去,还一个自由身,可以自由婚配。能得到这种出路的,有的是家人拿钱赎出去的,有的是主子恩典放出去的。比如第十九回袭人母兄曾有意要赎袭人出去,袭人就对宝玉说:"如今我们家来赎,正是该叫去的,只怕连身价也不要,就开恩叫我去呢。"不管是被家人赎出去,还是主子恩典被放出去,出去的丫鬟就没有了奴籍,成了自由人。做了自由身的丫鬟有曾在贾府这样的大户人家当过差的履历,见过世面,有一定的见识和办事能力,在婚配市场上是很有优势的。因此,春燕娘听春燕说宝玉这屋里的人一应会放出去,与本人父母自便,便欢喜不尽;柳五儿她娘因听说宝玉讲过将来要把房里人放出去,就想尽办法讨好芳官,希望五儿能到怡红院当差,她们为的都是女儿将来能做个自由人。而成功为女儿谋得自由身的代表人物,就是周瑞家的。

周瑞家的是王夫人的陪房,她被称为周瑞家的,就是当年配了个小厮叫周瑞。正常来说,他们夫妻都是贾家的奴仆,他们的女儿也应该是贾府的丫鬟,第七回却提到他们的女儿嫁给了古董商冷子兴。古董商冷子兴与贾雨村是旧相识,二人曾称兄道弟、把酒言欢,可见他并不在贾府做事,不是贾府的奴辈,那周瑞家的女儿能嫁与冷子兴,一定是凭着周瑞家的脸面和功劳,被放出去做了自由身,才成就这样的姻缘的。

从这一点来看,周瑞家的这个母亲是有点眼界和能力的。她没有让女儿在贾府中做妾配小子,而是凭她自己的资历为女儿削了奴籍,做了自由身,让女儿走出了贾府。只是女儿婚后,当女婿再惹上官司时,周瑞家的又仗着贾府的势力帮女婿摆平官司,她还是把女儿家的幸福锁定在了贾府的关系网中,将来贾府事败,女儿一家又岂能置身事外?

母亲的格局有多大,儿女的世界就有多大。周瑞家的规划了孩子与自己的关系,却没规划孩子与世界和他人的关系。

父母的见识决定儿女的人生高度（四）

在贾府做丫鬟虽有三条出路，但是大多数的丫鬟是没有选择的。林之孝夫妇作为一个有格局、有远见的父母，他们努力奋斗一辈子，只为了给女儿争取一个可以选择的机会。

林之孝夫妻都是贾府的旧仆，他们的女儿林红玉自然也是贾府的奴仆。在贾府中工作了一辈子的林氏夫妻不甘心女儿重复自己的命运，配小厮和做主子的小妾固然不是好的选择，但是让主子开恩放出自由身，也并非一件轻而易举的事。赖家拼着三代人的功绩才熬出个赖尚荣，周瑞家的有王夫人陪房这样的硬关系才求得了女儿的自由身。相比较而言，林之孝夫妻既没有如赖嬷嬷这样的大树可靠，也没有如周瑞家的和主子之间的硬关系，林之孝夫妻为女儿争一个自由身需要走一条完全不同的道路。

第二十七回，凤姐说她曾交代林之孝家挑选两个丫头。可林之孝家的明知道自己女儿聪明伶俐，却偏偏不推荐自家女儿，反而是把女儿放在怡红院外围做一些杂活，而且还是在众姊妹入住大观园之前就让女儿在那里工作了。那时大观园里清幽雅静，林红玉差不多就是个看园子的闲散人,后来元妃命宝玉和姐妹们住了进来,又恰巧怡红院里住的是宝玉,不谙世事的林红玉以为凭着自己的容貌可以接近宝玉,这是完全没有明白父母的一片苦心。

那么林之孝夫妻为什么甘愿让女儿在怡红院做杂活呢?主要原因就是他们压根就不想让女儿在贾府崭露头角,她要的就是女儿在贾府毫无存在感地长大。尽管他们可以不让女儿随便配个小厮,但是凭着女儿的美貌和聪慧,若被哪个主子看上,他们也没办法阻挡。所以,最安全的就是让女儿在贾府悄悄长大到一定年龄,然后凭着夫妻两人的能力和功劳求贾府开恩放女儿出去,为女儿争一个自由身。

第四十五回赖嬷嬷提起孙子的自由身,是这么教育孙子的:"长了这么大,你那里知道那'奴才'两字是怎么写的!只知道享福,也不知道你爷爷和你老子受的那个苦恼,熬了两三辈子,好容易挣出你这么个东西来。"可见,要想让下一代成为自由民并非易事,像赖嬷嬷劳苦功高的一家,还需要两三代人才挣得出来。林之孝家的深知他们没有祖上荫功,要想给女儿挣个前程,就只能凭自己的艰苦奋斗。

幸福是奋斗出来的。人不因奋斗而幸福,而幸福的人必有奋斗的能力。

林之孝凭着多年的努力,做到了荣国府的大管家,掌管荣国府的银库账房和大小对外事务。修建大观园、管理房田事务等都有

第一篇 《红楼梦》里悟人生

林之孝的参与,就连贾琏偷埋尤二姐的二百两银子也是林之孝帮着记到流年的账上了。春节期间,贾府的奴仆们请贾家吃饭,第一天是赖大家,第二天是赖升家,第三天就是林之孝家,林家在贾府俨然成了仅次于赖家的豪奴之家。

林之孝家的是贾府内宅的管家媳妇。妙玉进贾府,王夫人安排林之孝家的亲自去接;王熙凤房里需要增加几个丫头,吩咐林之孝家的去挑;王夫人房里的玫瑰露丢了,王熙凤吩咐林之孝家的去查;再如贾府厨房人事变更,打发惜春房里的小丫头彩儿的母亲、夜里的巡夜查岗等,贾府内宅大大小小的事情,无不有林之孝家的影子。

除此之外,林之孝家的还认凤姐做干妈,在凤姐面前示恩,在探春面前示敬,在宝玉面前示亲,就连人人瞧不起的赵姨娘,她也千方百计示好。虽然,林之孝未必是贾府第一大管家,但绝对是贾府内宅的第一管家媳妇。

如此这般,林之孝夫妻凭借他们自身的努力奋斗,走到了贾府奴仆的金字塔顶端。可怜天下父母心,他们所做的一切都是为了将来帮女儿挣一个自由身。他们拼尽全力所到达的终点,可能是别人家孩子所站的起点,比起一味地将不可能的事情丢给孩子,这样的父母,更值得我们去尊重。

探春和贾环都不是太太养的

探春和贾环都是庶出,这在极重嫡庶观念和礼教体系的时代,注定了两人从娘胎里出来的成长生活就不会那么甜蜜。生活很苦,有人喜欢加糖,有人偏要加黄连。同命不同人,探春和贾环走出了不同的运。

"欺负我不是太太养的"是贾环的人生底色,他自己又亲手把这个色调越描越重。

贾环虽是庶出,可怎么说也是荣国府二老爷贾政的儿子、荣国府正经的公子哥,一般人哪敢小看他。第二十回,宝钗、香菱、莺儿三个赶围棋作耍,贾环见了也要玩,"宝钗素习看他亦如宝玉,并没他意。今儿听他要玩,让他上来坐了一处"。宝钗把贾环和宝玉一样看待,说明并不敢轻视他,招呼他一起玩耍,可惜贾环不是个遵守游戏规则的人。大家一起玩掷骰子,刚开始贾环赢钱了,很高兴,后来接连输了几盘,便有些着急。按游戏规则,当盘轮到贾环掷骰子,"若掷个七点便赢,若掷个六点,下该莺儿掷三点就赢了"。最终那骰子偏生转出么来,贾环急了,不仅不认输,还赖账抓钱,由此才引发莺儿的不满。

这且不说什么贾府的公子少爷啊,就是普通的丫鬟奴仆一起玩耍,赢得起输不起也会让大家瞧不起。这贾环好友是荣国府的小爷,莺儿满心委屈地嘟囔说:"一个作爷的,还赖我们这几个钱,连我也不放在眼里。前儿我和宝二爷玩,他输了那些,也没着急。下剩的钱,还是几个小丫头子们一抢,他一笑就罢了。"莺儿下意识地把贾环与宝玉比较,可就戳中了贾环的心窝,贾环立马回道:"我拿什么比宝玉呢。你们怕他,都和他好,都欺负我不是太太养的。"在贾环的意识里,不论什么事,都可归结到一点:宝玉是太太养的,你们都和宝玉好,我不是太太养的,所以你们都欺负我。

同样都是贾府的爷,赌个小钱的人品差距咋就这么大呢?这是莺儿的心理。

同样都是贾府的爷,是不是太太养的差距咋就这么大呢?这是贾环的心理。

嫡庶差异是古代封建大家族的陋习,可即便这样,贾环的生存环境还是比普通人要好。虽说贾环常常被家里上层人物忽视,可他还是有衣食无忧的生活保证,有奴仆侍奉左右,有充分的受教育条件,但凡贾环能得到良好的教育和正确的引导,长大后未必不能成一番事业。可惜的是贾环的精神世界非常贫瘠,自幼缺爱又长期受生母赵姨娘的低素质侵蚀,在对宝玉的羡慕嫉妒恨中不断强化一个自我认知:别人都欺负我不是太太养的。

第一篇 《红楼梦》里悟人生

不是太太养的,不仅是贾环的人生底色,同时也是探春内心深处的哀伤。

探春也是赵姨娘所生,而且作为女孩子,她在家里的地位还不如贾环。可是探春又与贾环不同,她清楚地认识到嫡庶有别,并不甘心像母亲和弟弟那样在底层挣扎,她竭尽全力地疏远满身负能量的母亲,凭借自己的聪明能干、自尊自爱赢得了贾府上下的尊重,连王熙凤都敬她三分。

教育点亮人生。探春从小跟着姐妹们住在贾母处一起读书,腹有诗书造就了探春"才自精明志自高"。虽然探春恨自己不是个男儿身,不能出去立一番事业,可是她的精神世界极其广阔。宝玉赞她高雅,宝钗赞她聪敏,黛玉赞她是个乖人。她组织了大观园里的"海棠诗社",诗才仅逊于黛钗;她兴利除弊,管家才能不输凤姐。庶出的身份虽让探春在婚配市场上叫好不叫座,但她在第五十五回展现的卓越的管家才能让一向精明高傲的凤姐也不得不替她叫好:"好,好,好,好个三姑娘!我说他不错。只可惜他命薄,没托生在太太肚里。""将来不知那个没造化的,挑庶正误了事呢;也不知那个有造化的,不挑庶正的得了去。"

探春在远离自己生母和胞弟的同时靠近王夫人和宝玉,但她并没有曲意逢迎。她能帮王夫人解困,也能替自己的丫头挡枪,她可以临危受命管家,也可以面对抄捡强权说不,用兴儿的话说,探春就是一朵带刺的玫瑰,"又红又香,无人不爱的,只是刺戳手"。

真正发光的人并不是身处阳光之下,而是在黑暗之中也能照亮前行的路。同样是庶出,探春把自己变成了老鸹窝里飞出来的凤凰,贾环却把自己活成了"人物委琐,举止荒疏"的模样。原因是什么?

不是太太养的,我能怎么办?这是贾环的回答。

不是太太养的,我能怎么办?这是探春的回答。

赵姨娘熬烂的人生

赵姨娘在贾府是个神奇的存在。说她是个奴才,可她是贾政的妾、探春和贾环的生母;说她是个主子,可连丫鬟婆子都不把她放在眼里。她自带负能量,处处兴风作浪,熬油似的在贾府熬烂了自己的人生。

赵姨娘在贾府是奴才出身,她和她哥哥(或许还有其父母)都在贾府做事,可能凭借一次偶然的机遇,赵姨娘成了贾政的妾室,又为贾政生下了一女一子。虽然妾室的地位依然是奴才,但这也是袭人之类一等大丫鬟们毕生求而不得的目标,而且一女一子的生育成绩也让她免去老无所依的顾虑。可是,人的幸福感与个人得失从来没有直接的关系,赵姨娘也算是把一手好牌打得稀烂。

贾环嘴上常说别人"都欺负我不是太太养的",看似是对他人的抱怨,骨子里和姐姐探春一样,内心就是对亲生母亲的不满。第二十回贾环和莺儿玩游戏输了,被宝玉教训了一顿回到家来,赵姨娘不问具体事由就断定儿子是被欺负了:"又是哪里垫了踹窝来了?"贾环说明了情况,赵姨娘既不能客观地评断是非,也不能安抚儿子的情绪,而是继续在儿子心口补刀:"谁叫你上高台盘去了?下流没脸的东西!那里顽不得?谁叫你跑了去讨没意思!"贾环好歹也是贾府的公子爷,莺儿是借住在贾家的薛家丫鬟,赵姨娘糊涂至极,把贾环和莺儿玩说成是上高台盘,还要把自己儿子骂成"下流没脸的东西",如此自轻自贱的娘不可能养出自信自尊的儿子。

凤姐讲过探春在婚嫁上最大的弱势就是庶出,如果遇上个不挑正庶的那便是探春的幸运了,可她亲妈赵姨娘偏偏看不透这一点,不仅经常用"我肠子里爬出来的"之粗俗话来描述探春的出身,而且逮个机会就要吵吵嚷嚷,生怕别人忘了探春和贾环的亲生母亲是谁。

第五十五回,凤姐生病,王夫人让探春帮着管家,探春难得有了一次展示自己才华和能力的机会。偏巧赶上赵姨娘的哥哥赵国基死了,探春按照惯例给了丧葬费二十两银子,比袭人妈的丧葬费少了二十两。按照贾府的旧账和惯例,"两个家里的赏过皆二十两,两个外头的皆赏过四十两。"就是说贾府家生奴才的丧葬费是二十两银子,探春做的不算错。

可是在赵姨娘眼里,她哥哥的丧葬费比袭人妈还少了二十两银子,让她恼羞成怒,再次闹到探春面前:"我这屋里熬油似的熬了这么大年纪,又有你和你兄弟,这会子连袭人都不如了,我还有什么脸?连你也没脸面,别说我了!"探春要自尊,赵姨娘我偏不给你,探春最怕别人对其身份瞧不起,赵姨娘我偏要别人知道谁是你妈,谁是你舅舅:"如今你舅舅死了,你多给了二三十两银子,难道太太就不依你?分明太太是好太太,都是你们尖酸刻薄,可惜太太有恩无处使。姑娘放心,这也使不着你的银子。明儿等出了阁,我还想你额外照看赵家呢。如今没有长羽毛,就忘了根本,只拣高枝儿飞去了!"

真真是姨娘牌点痛机,探春哪里痛她就点哪里!赵姨娘但凡能学聪明一点,就知道如果真为了银子,她可以去找同样管家的李纨,或者尚在生病的凤姐(后文凤姐确实传话可以多给二十两银子);如果为了让探春帮衬她,她就应该体谅探春而舍弃银子,制造一个缓和母女关系的机会。最终愚蠢如赵姨娘,既没谈成钱,也伤了感情。

亲生的女儿不亲她,亲生的儿子怨恨她,赵姨娘眼睁睁地看着自己的生活越来越烂。

没有最烂,只有更烂。烂到山无遮,海无拦。

芳官等人是贾府买来的戏子,古代戏子身份最为低微。第六十回,蕊官送与芳官一些擦春癣的蔷薇硝,贾环趁机讨要,芳官感念是蕊官所赠,既不想辜负蕊官的情谊,又不想让贾环面子难堪,于是便包了一些茉莉粉给了贾环。贾环拿回去送与彩云,彩云说出这不是蔷薇硝,而是茉莉粉的事实。贾环一个公子爷向芳官讨要物品已然不妥,赵姨娘知晓后不是教育贾环如何处事,而是教唆贾环去和芳官论争短长。赵姨娘虽出身低下,可她与芳官比起来,绝对可以称得上半个主子了,她明明把芳官比作宝玉屋里的猫儿狗儿,却为了一包蔷薇硝,自贬身份冲进怡红院,逮着小丫头芳官,先是一顿臭骂,最后和几个小戏子打起了群架,可算是丢尽了做姨娘的面子和里子,再次让自尊自强的探春无地自容。

探春想要的高贵和自信,赵姨娘终其一生也学不会。

人至烂则无敌,很多人秉持的原则就是不和烂人烂事纠缠,不和小人小事计较,不和没素质的人讲素质。赵姨娘熬烂的生活最大的好处就是,虽然她常受到凤姐的弹压和王夫人的训斥,但只要她自己不找事,一般也没有多少人主动招惹她。即便是王夫人和凤姐,也会顾及自己名声,不会在她身上浪费什么心思。所以赵姨娘比晴雯蛮横,比司棋泼辣,比金钏骄纵,贾府容不下这些丫鬟,却还是能容得下一个赵姨娘,这也是赵姨娘熬烂的人生创造的奇迹。

生活中我们也经常会碰到很多赵姨娘们,你若与她纠缠,你就输了。别人会送你一句:"你理她干嘛?"

怡红院里的莺莺燕燕（一）

贾宝玉的怡红院里有大丫鬟、小丫鬟、粗使丫鬟，以及婆子、媳妇等。有打扫庭院修剪花草的，有进得房内端茶倒水的。有如袭人、晴雯芳名显赫的，也有如媚人、紫绡、绮霰、檀云只是个名字而已的，莺莺燕燕之多，有时连宝玉自己也分不清楚，可谓是"乱哄哄，你方唱罢我登场"。

袭人、晴雯：谁知公子无缘

长相不够，性格来凑；颜值爆表，脾气不小。

第七十七回，袭人曾向宝玉说晴雯被撵的原因："太太只嫌他生的太好了，未免轻佻些。在太太是深知这样美人似的人必不安静，所以恨嫌他，像我们这粗粗笨笨的倒好。"作为宝玉贴身侍候的大丫鬟，袭人不会真的是粗粗笨笨的，不过她确实没有晴雯长得好，只是胜在性格温柔，懂得隐忍。晴雯牙尖嘴利，性格轻佻，得理不饶人，明里暗里不知得罪过多少人。而袭人常被晴雯奚落，被李嬷嬷辱骂，还被宝玉踢过，无论哪一事，袭人都能低调处理，最后博了个"头一个出了名的至善至贤之人"的好名声。

袭人和晴雯都是打算跟了宝玉一辈子的，可惜人算不如天算，两人都没能陪宝玉到最后。

袭人"素知贾母已将自己与了宝玉的"，所以早早就把自己与宝玉拴在了一起，自称"便拿八人轿也抬不出我去了"；多年后袭人终是坐上了花轿嫁人，新郎却不是宝玉。

晴雯模样爽利，言谈、针线一流，贾母心中认定所有丫头的模样和言谈都不及晴雯，只有晴雯配服侍宝玉。晴雯自己也坚定地说："一头碰死了也不出这门儿。"但晴雯终被撵出了门儿，香消玉殒在门外。

麝月：镜里姻缘一场空

在怡红院里，麝月不和袭人争功，不和晴雯比强，她是怡红院里最随遇而安的人，事来不拒，事去不留，不苛求别人，不为难自己。

第二十回，袭人生病，其他几个丫鬟都寻热闹玩耍去了，麝月担心满屋子灯火，便独自一人看守在房中。宝玉回来看望袭人时，看到如此的麝月，不免心生敬意，说她"公然又是一个袭人"。

麝月独在房中看守灯火的行为让宝玉突生怜惜，宝玉竟提议为她篦头:"早上你说头痒,这会子没什么事,我替你篦头罢。"于是,麝月将文具镜匣搬来,卸去钗钏,打开头发,宝玉拿了篦子替他一一的梳篦。"宝玉在麝月身后,麝月对镜,二人在镜内相视。"

以梳篦为礼,只想为你绾青丝,多么温馨浪漫的画面,可惜镜中对视的宝玉和麝月并非相爱的男女。袭人改嫁,诸芳流尽,麝月留到了最后,却没留住幸福。宝玉决然离去后,麝月余生无数个凄冷的日夜里,曾经的对镜篦头是她唯一的回忆,只是这终究是一场镜里姻缘,看得见却触不得。

茜雪、小红:离去是为了更好的开始

茜雪是最早离开宝玉的大丫鬟,枫露茶事件使她的离开披上了一层神秘的面纱。

第二十回中,宝玉的奶妈李嬷嬷到宝玉房中,看到一碗枫露茶,茜雪告诉她是宝玉留给袭人喝的,李嬷嬷并不理会,直接喝掉了。宝玉从梨香院吃酒回来,见没了枫露茶,迁怒茜雪,嚷着要把茜雪撵出去。这件事中,茜雪无疑是无辜的,贾府里奶妈的地位是很高的,茜雪虽是个大丫鬟,却并没有管束宝玉奶妈的权力和能力。

在贾府撵出去一个大丫鬟并不是一件随口说说的事,要回禀王夫人,甚至贾母。茜雪是无辜的,对下人宽厚的贾府不可能真的因枫露茶事件而撵走茜雪,所以,茜雪的离开应该别有他因,最大的可能就是年龄到了,贾府开恩放出去的。离开贾府的茜雪会得自由身,枫露茶事件定会在她丰富多彩的新生活之中被遗忘,只是没有离去的人,还在念念不忘枫露茶事件。

第二十六回,小红对佳蕙说:"'千里搭长棚,没有个不散的筵席',谁守谁一辈子呢?不过三年五载,各人干各人的去了。那时谁还管谁呢?"有如此见识的小红当然不会守在一个地方认命,她懂得寻找机遇,也懂得创造机遇。她不满足于在怡红院里做个粗使活计的丫鬟,便想方设法接近宝玉,第二十四回好不容易瞅准机会给宝玉倒了一次茶,就被尖酸刻薄的秋纹和碧痕好一番嘲弄和奚落,这虽然让小红打消了接近宝玉的妄想,却没有打消她继续寻找机遇的信心。

机遇并没有让小红等太久,第二十七回,小红帮凤姐办了一次回差事,慧眼识珠的凤姐给了小红一个信任,小红还了凤姐一个惊喜,从此小红离开怡红院,实现了一次完美的转身和跳槽。

生命就是不断地离去与开始,生活就是不断地转身和继续。转身离去是给他人留空间和余地,也是给自己创造更好的开始,当一切无法改变,人生需要的就是不一样的精彩。

怡红院里的莺莺燕燕（二）

秋纹、碧痕：天生的死鱼眼睛

秋纹、碧痕的典型之处就在于，她们在主子面前是奴才，在下人面前是主子。

第三十一回，晴雯与宝玉的对话中，就提到碧痕侍候宝玉洗澡，足用了两三个时辰。袭人和宝玉云雨还是避着人的，而她为了讨好宝玉，在怡红院众丫鬟都知道的情况下侍候宝玉洗澡，完全没有原则和底线。秋纹自知不入贾母眼，第三十七回提到，宝玉曾让秋纹给贾母送过一瓶刚折的桂花，贾母非常高兴，顺带赏了秋纹几百钱。得了赏钱的秋纹便得意忘形："这可是再想不到的福气。几百钱是小事，难得这个脸面。"给王夫人送花时，又得了王夫人挑剩的两件衣服，便狂喜地说："那怕给这屋里的狗剩下的，我只领太太的恩典，也不犯管别的事。"其卑躬屈膝的哈巴狗奴才形象跃然纸上。

然而秋纹和碧痕两人在下人面前完全是另一张面孔。二十四回，小红给宝玉倒了杯茶，她们骂小红"没脸的下流东西"，极尽挖苦鄙夷之能事。第五十四回元宵夜宴晚上，宝玉在园中小解，两个媳妇迎面走来询问，秋纹立马扯宝玉名头的虎皮大旗："宝玉在这里，你大呼小叫，仔细唬着他。"一个老婆子提着给贾母泡茶的热水过来，秋纹颐指气使地要过来，还说："凭你是谁的，你不给？我管把老太太茶吊子倒了洗手。"其态度之傲慢、行为之无理达到了无以复加的地步。

宝玉曾把未出嫁的女孩比作无价之宝珠，出嫁后的女子比作没有光彩的鱼眼睛。其实他并不知道，他身边就有秋纹、碧痕这两个未出嫁的死鱼眼睛。

良儿、坠儿：做人要谨守本分

"宝玉是偏在你们身上留心用意、争胜要强的，那一年有一个良儿偷玉，刚冷了一二年，间还有人提起来趁愿，这会子又跑出一个偷金子的来了，而且更偷到街坊家去了。"第五十二回，平儿这番话里所说的偷玉和偷金之人都是宝玉房内的小丫鬟——良儿和坠儿。

良儿偷玉是否被冤枉尚有争论，而坠儿偷金则是确定无疑的。第五十回中，芦雪庵烤鹿肉时，平儿丢了一只镯子，明察暗访确定是怡红院的坠儿偷的。偷窃在贾府是很严重、很丢脸的事,所以平儿首先要顾及宝玉的感受和面子,火暴脾气的晴雯更是恨铁不成钢,直接将坠儿撵了出去。

贾府里的丫鬟被撵出去和放出去完全是两回事,到了一定年龄被放出去的丫鬟可以得自由身,而被撵出的丫鬟不仅没有自由身,还背上了污点记录,基本上就是断了这丫鬟余生的后路了。

人生舞台没有彩排,每一天都不会重来。任何时候都要谨守本分,不能放弃底线,只有心灵站直了,生命才不会倾斜。

佳蕙、春燕:有见识的善良才是高级的智慧

佳蕙是个内心纯美、天真善良的小丫头。别看她年纪小,见识却不浅。第二十六回,佳蕙为小红不得重用而仗义执言,同时一语点出怡红院"这个地方难站"。小红是在遭遇秋纹、碧痕羞辱后,才醒悟怡红院难立脚的。比小红年纪还小的佳蕙却一语中的,可见佳蕙不是一味地傻白甜,她懂得怡红院难站,却并不巴结讨好大丫鬟们,只是默默地做着自己的本职工作,这样善良、多情又有见识的女孩定会经营好自己的人生。

春燕是荣国府的世仆,她的妈妈、姑妈、姨妈都在荣国府当差,虽然她们不是荣国府多有头有脸的人物,也足可以成为春燕的倚仗,然而春燕却选择了与人为善。她不与其他丫鬟争宠,同情弱

小,关爱同类,她给予芳官藕官最大的同情和善意,给予莺儿极大的友爱和尊重。她即便对母辈们的行为不以为然,也好言相劝,尽一个女儿的责任。

她们无法选择自己出身,却可以积极筹划将来。春燕记住了宝玉常说的"将来这屋里的人,无论家里外头的,一应我们这些人,他都要回太太全放出去,与本人父母自便呢"。她不留恋怡红院里的温香软玉,只想做好自己的事,静待守得云开见月明的那一天。

聪明是一种天赋,善良是一种选择。没有棱角的善良既过不好自己的人生,也保护不了自己爱的人。有见识的善良才是人世间最高级的智慧,佳蕙和春燕就是这样的宝藏女孩儿。

芳官、四儿:人要掂清自己的斤两

四儿和芳官是怡红院里的小丫鬟,她们被提拔得益于偶然的机会,像是坐了火箭,羡煞他人。

四儿被提拔得益于宝玉和袭人闹赌气,在第二十一回中,宝玉不想使唤与袭人有关的人,便在站着的小丫头中挑了四儿来倒茶,四儿错以为宝玉对自己别有不同,便"变尽方法笼络宝玉",直至后来说出"同日生日就是夫妻"的话,招来了被撵出去的命运。

戏子班解散,芳官碰巧分到了怡红院,因其明朗的性格得到宝玉的偏爱。恃宠而骄的芳官一朝得势便不知天高地厚,忘乎所以,为了一块糕点,欺负探春房里的小丫头蝉姐儿,用茉莉粉偷换蔷薇硝来欺骗贾环,又和赵姨娘打架,既掂不清自己的分量,也不懂得处世,最终被撵出贾府也再正常不过了。

芳官和四儿最致命的错误就是错放了自己的位置,错估了自己的分量,错把偶然当必然,错把偏爱当靠山,错把平台当本事。

躺在功劳簿上发脾气的焦大

焦大无疑是有功的。

第七四,尤氏介绍了焦大的功劳:"只因他从小儿跟着太爷们出过三四回兵,从死人堆里把太爷背了出来,得了命;自己挨着饿,却偷了东西来给主子吃;两日没得水,得了半碗水给主子喝,他自己喝马溺。不过仗着这些功劳情分,有祖宗时都另眼相待,如今谁肯难为他去。"

从尤氏的这段话,我们大致能推断出来焦大的功劳有多大,他曾跟随宁国府太爷们出兵打仗,而且在战场上冒着生命危险救了太爷。虽然这个太爷到底是宁国公还是宁国公的儿子贾代化,尚有争议,但是无疑的是,焦大救了这个太爷,也才有了后来宁国府的荣华富贵。

焦大醉骂时,也提及:"不是焦大一个人,你们就做官儿享荣华受富贵?你祖宗九死一生挣下这家业,到如今了,不报我的恩,反和我充起主子来了。不和我说别的还可,若说别的,咱们红刀子进去白刀子出来!"

第一篇 《红楼梦》里悟人生

很明显,不论焦大救下的是宁国公还是宁国公的儿子,都是妥妥的宁国府功臣。有命才有一切,如果当年太爷在战场上死了,皇帝最多也就封他个死后哀荣,哪会有什么府邸,哪会有什么官位承袭,甚至不会有贾珍、贾蓉这些人的出生。所以,从这一点来看,焦大对宁国府是有功的,没有焦大,就没有宁国府的现在。

战争结束后,功臣焦大是可以有多种选择的:他可以功成拂衣去,让宁国府永远念着他的恩德;他可以向宁国府要一笔安家费,离开宁国府另谋生计;他也可以留在宁国府,继续做一个忠顺到死的老员工,像他当年效忠太爷一样效忠宁国府一代又一代的主子;再不然他也可以躺平在功劳簿上,做一个混吃混喝的奴仆。相信无论哪个选择,凭着曾经天大的功劳,焦大的后半生都是相当好过的。

偏偏,焦大做了最坏的选择。

他选择留在宁国府,却不是做一个忠顺的奴才,不是做一个躺平的功臣,而是做一个躺在功劳簿上发脾气的奴才。

首先,焦大没有摆正自己的身份。既然没有离开宁国府,那就永远都是宁国府的奴才。不论是混吃混喝的奴才,还是救了太爷的奴才,那都是奴才。战场上救太爷那是奴才该做的事,而今安排他夜里驱车送客,也是奴才该做的事。主子念着他的功劳,那是主子宅心仁厚,主子往事不再提,他也要尽好本分,没有理由要求主子念着他的功劳而把他一辈子当祖宗敬着。

其次,焦大看不清形势。当年救太爷,确实是大功一件,相信在论功行赏时,太爷也是对焦大另眼相看,那时的宁国府上下应该真的没人敢在焦大面前挺腰子,那是焦大的高光时刻。可是,随着战事的记忆越来越遥远,哪个将军愿意总提自己的败绩?就算太爷和焦大在一起时常忆往昔峥嵘岁月,那一味炼丹修道的贾敬呢?那聚众淫赌的贾珍呢?那只爱吃喝玩乐的贾蓉呢?他们能容忍像祥林嫂一样的焦大向他们一遍遍地诉说焦大的功劳么?别说焦大了,就是太爷、太太爷,也只是逢年过节时供奉的一个牌位而已,焦大一个奴才又算得了什么呢?

再者,焦大不能顺应形势。当年战场上救太爷,那时那势造就了焦大这个大英雄。而今呢,国家没有了战事,宁国府也没有了太爷,焦大的功劳簿也成了尘埃落满的老皇历,焦大若想在宁国府继续挺腰子,就要继续投新主子所好,想新主子之所想,急新主子之所急。战时能当能臣,安时能当宠臣,主子出门我带路,主子回头我止步。而焦大呢,仗着自己的几分功劳,"又不顾体面,一味吃酒,吃醉了,无人不骂"。没有新的成绩,还要在主子面前发脾气,不仅骂贾蓉,连贾珍、贾敬都不放在眼里。

最后,焦大情商太低。主子的那些见不得人的事是他能说的吗?不是说"胳膊折了往袖子里藏"吗,怎么就大庭广众叫嚷出来了呢?主子的有些事啊,虽说是公开的秘密,也是"宁被人猜勿被人知,宁被人知勿被人见"。他活了一大把年纪了,不会做文章也就罢了,怎么连人情世故也参不透呢,还有脸说"要往祠堂里哭太爷去",也许太爷和一帮将军们正喝酒呢,他这一哭,太爷还被人笑:"这就是你带出的兵?"

如果祠堂里的太爷真的有灵,也许会对焦大说:"别哭了,以后多读书,少说话!"

躺在功劳簿上笑看人生的张道士

焦大的功劳簿写在战场上,没有焦大,宁国府的太爷会死在战场上。

张道士的功劳簿写在道观里,没有张道士,荣国府的荣国公活不到上战场。

焦大从死人堆里背出来的太爷是宁国公还是宁国公的儿子尚有存疑。而第二十九回则明确写张道士是"是当日荣国府国公的替身"。

替身是古代一种迷信的说法,认为命中有灾难的人,可以用舍身出家的办法来消灾,有钱人家往往会买穷人家的子女代替出家,叫作替身。第十七回林之孝家的在向王夫人介绍妙玉时,说妙玉,"祖上也是读书仕宦之家。因生了这位姑娘自小多病,买了许多替身儿皆不中用,足的这位姑娘亲自入了空门,方才好了,所以带发修行,今年才十八岁,法名妙玉。"

替身虽是迷信的说法,但是架不住人信啊。妙玉没有好的替身,只能自己出家才能避难。那如果没有张道士,或者 N 个张道士替身都不中用,荣国公岂不是也得亲自出家? 幸好有了张道士,也幸好张道士这个替身是中用的,才有了后来叱咤战场的荣国公。

焦大在宁国府里活得连个赖二都不如,干着最粗使的活,有好差事没他的份,夜里送人的事就派他。张道士到贾府却是可以出入内闱的座上宾,还被"先皇御口亲呼为'大幻仙人',如今现掌'道录司'印,又是当今封为'终了真人',现今王公藩镇都称他为'神仙'",简直活到了人生巅峰。

焦大在宁国府叫骂:"焦大太爷跷跷脚,比你的头还高呢,二十年头里的焦大太爷眼里有谁? 别说你们这一起杂种王八羔子们!"张道士身在高位,却愿意把自己放低在尘埃里。他见了贾珍满脸陪笑,百般小心,要去见贾母等人,还要谨慎地先对贾珍说:"论理我不比别人,应该里头伺候。只因天气炎热,众位千金都出来了,法官不敢擅入,请爷的示下。"贾珍把他称为自己人,和他开玩笑:"再多说,我把你这胡子还捋了呢!"王熙凤敢揶揄他拿个托盘来化布施。他见了宝玉叫哥儿,见了贾珍叫爷,见了王熙凤叫奶奶,提及贾赦贾政就尊称大老爷、二老爷。八十多岁的张道士比贾母大十多岁,在贾母面前却还自称"小道"。

焦大嚷嚷着贾珍、贾敬都不敢在他面前挺腰子,事实上连个小厮都敢往他嘴里塞马粪。张道士在众人面前伏低做小,事实上贾珍、宝玉提及张道士称呼的是"张爷爷",贾珍还要把他搀到贾母面前。贾母称他为"老神仙"。

焦大在宁国府里口无遮拦,喝醉了无人不骂。专讲别人不敢讲的,专骂主子不想听的。张道士见了众小姐就纳福,见了凤姐就请安,见了贾母就夸宝玉字好、诗好、长得好,反正就是主子想听什么小道就说什么,把贾府上下哄得开开心心的。

焦大嚷嚷着要到祠堂里哭太爷去。张道士当着贾母的面,聊着宝玉就想起了国公爷,"说着两眼流下泪来"。

焦大嚷嚷:没有我焦大,你们做不了官,享不了荣华。

张道士却能看清楚,自己的荣光来自贾府的荣华。

焦大救了太爷,那也得幸于老太爷心怀感恩,皇帝善待功臣。若不然,焦大就是背出十个老太爷,那也是尽了奴才的本分而已。

张道士很清楚,出家人做替身的多了去了,自己能从一替身小道成为皇帝亲封的"终了真人""太幻仙人",都是得幸于他恰巧是荣国公的替身,又恰巧他这个替身是中用的,又恰巧荣国公立下了战功,又恰巧荣国公在"古来征战几人回"的战场中活着回来了,若没有这么多恰巧,他就是一个修行的小道而已。

躺在功劳簿上发脾气的焦大让人了解了焦大的重要性,而躺在功劳簿上笑看人生的张道士让人看清了贾府这个平台的重要性。

一个人重要不重要,关键不是看自己能做什么,而是看其站在什么平台上,笑到最后的人,往往是站在平台上最久的人。

踩着功劳簿逆袭人生的赖家

赖家也有着一本厚厚的功劳簿,但他们没有在功劳簿上躺平,而是踩着功劳簿创业、奋斗,最后实现人生逆袭。

先来看赖嬷嬷一代的创业史。

赖嬷嬷是贾府老一辈的嬷嬷,第四十五回她规劝宝玉的一段话显示了赖嬷嬷在荣国府的资历:

"不怕你嫌我,如今老爷不过这么管你一管,老太太护在头里。当日老爷小时挨你爷爷的打,谁没看见的。老爷小时,何曾像你这么天不怕地不怕的了。还有那大老爷,虽然淘气,也没像你这扎窝子的样儿,也是天天打。"

赖嬷嬷说的老爷是指贾政,大老爷是指贾赦,从她这段话里可以看出她见证了贾赦和贾政的成长过程,至少她的年龄应与贾母年岁相当。"贾府风俗,年高服侍过父母的家人,比年轻的主子还有体面。"赖嬷嬷就是凭着这份功劳簿,成为贾府中最有体面的嬷嬷之一,她在贾母面前可以有一个小杌子就座,在凤姐的生日宴上可以有一席之位,在过年和贾母寿日时可以请贾府主子到自己家里吃酒。能得到贾府上下如此的尊重,不仅有赖嬷嬷夫妇非一般的智慧阅历,更有其兢兢业业的苦心经营和积累。

书中虽没提赖嬷嬷的老公,但从贾府丫鬟的命运安排可推断赖嬷嬷当初是在贾府内配了个小子,赖嬷嬷两口子除了在贾府中终身劳作之外,最突出的成就就是养了两个好儿子。

接下来看赖家两兄弟的奋斗史。

有着赖嬷嬷这样好的平台,赖嬷嬷的两个儿子在贾府是很容易混个体面的奴才的。李嬷嬷是宝玉的奶妈,她的儿子李贵就做了宝玉的伴读;赵嬷嬷是贾琏的奶妈,她在凤姐面前轻意就能为自己两个儿子谋个差事。与他们相比,赖嬷嬷的段位更高,她的两个儿子绝对是同类中的翘楚。

赖大做了荣国府的管家,赖二做了宁国府的管家。赖大作为荣国府的大管家,荣国府大到大观园的修建、元妃受封消息打探,小到宝玉小马挽扶、夜晚派人上夜等,每一件事都是赖大在操持,赖大几乎和贾琏一样,是不惯于俗务的贾政的左膀右臂。赖二是宁国府的大管家,第七回焦大醉骂中,他第一个骂的就是赖二:"有了好差事就派别人,像这等黑更半夜送人的事,就派我。没良心的王八羔子!瞎充管家!"可见赖二是宁国府的大总管,像焦大这样的人平时也得听从赖二差遣。

有的人能升职也许凭的是几分家底,而能在职位上干出业绩则凭的是自己的实力。赖氏兄弟俩在贾府混得风生水起,不得不说他们的职场能力还是相当不错的。

赖氏兄弟不只是会在贾府打拼,他们还把自己家的小日子过得相当不错。第四十三回,贾母让大家凑份子给凤姐过生日,赖嬷嬷也在其中之列,尤氏、李纨各出十二两银子,赖嬷嬷想着不能越过她们,就说:"少奶奶们十二两,我们自然也该矮一等了。"贾母当即便不同意道:"这使不得。你们虽该矮一等,我知道你们这几个都是财主,分位虽低,钱却比他们多。你们和他们一例才使得。"连贾母都是知道的,赖嬷嬷家非常富有,堪比小财主。

赖家小日子过得不错的原因除了不差钱外,主要还是非常有生活品位。帮着贾政修建过大观园的赖大,在自家修花园,那简直是轻车熟路。第四十七回,赖尚荣得官之际,贾府一众人等参观了赖家的小花园,"那花园虽不及大观园,却也十分齐整宽阔,泉石林木,楼阁亭轩,也有好几处惊人骇目的"。这花园不仅修得精致,关键是管理得当,第五十六回探春理家还是从赖家的花园管理中得到了启发:"谁知那么个园子,除他们带的花、吃的笋菜鱼虾之外,一年还有人包了去,年终足有二百两银子剩。从那日我才知道,一个破荷叶、一根枯草根子都是值钱的。"贾府造了大观园耗尽钱财,这赖家造了个小花园倒是养了棵摇钱树。

尽管赖家花园里一个破荷叶、一根枯草根子都是值钱的,可是赖大家的还是会给薛宝琴送蜡梅和水仙,给宝玉送大鱼,这就更说明赖家处事的圆融。他们既有厚厚的功劳簿,也有踏实苦干的精神,更有放低自己求生存的大智慧。

最后来说一下赖家第三代赖尚荣的人生逆袭史。

赖家孙子赖尚荣的人生是赖家三代人共同打造的结果,第四十五回,赖嬷嬷这样教训孙子:

"虽然是人家的奴才,一落娘胎胞,主子恩典,放你出来,上托着主子的洪福,下托着你老子娘,也是公子哥儿似的读书认字,也是丫头、老婆、奶子捧凤凰似的,长了这么大。你那里知道那'奴才'两字是怎么写的!只知道享福,也不知道你爷爷和你老子受的那苦恼,熬了两三辈子,好容易挣出你这么个东西来。"

这段赖嬷嬷教训孙子的话,可以看出赖家第三代赖尚荣的成长经历。赖嬷嬷夫妻二人是贾府的奴才,赖大、赖二及其配偶也是贾府的奴才,到了赖大儿子赖尚荣这一辈不再是奴才了,他一出生就被贾府削了奴籍,做了自由人,在富足的家庭中吃穿用度,还接受正规的教育,两代人倾其所有,按照世家子弟的标准打造出来了赖尚荣。

赖尚荣命好运好,也是赖家在贾府的面子够大,还是在四十五回,赖嬷嬷训孙子的话里,看出赖尚荣二十岁时,又捐了个前程。

"又蒙主子的恩典,许你捐个前程在身上。你看那正根正苗的忍饥挨饿的要多少?你一个奴才秧子,仔细折了福!如今乐了十年,不知怎么弄神弄鬼的,求了主子,又选了出来。州县官儿虽小,事情却大,为那一州的州官,就是那一方的父母。你不安分守己,尽忠报国,孝敬主子,只怕天也不容你。"

可见,赖尚荣并没有通过科举得官,而是借了贾府的力,花钱捐了个州官,从此彻底脱胎换骨、咸鱼翻身了。虽有贾府主子的恩典,也是赖家三代人打拼的结果。

赖尚荣,依赖祖上的荣光,成就了这一代的逆袭人生。其实所有的逆袭都是有备而来,只是赖家的准备,用尽了三代人的努力。

第二篇
《红楼梦》里观世事

精致的利己主义者——贾雨村

精致利己主义者是经过精心打扮和伪装的利己主义者。高智商、善表演、极自我是其重要特征。他们为了达到利己的目的,会善于利用一切社会条件和法律规则来将个人利益凌驾于他人之上。这种人一旦掌握权力,比一般的贪官污吏危害更大。

贾雨村就是这么一个高智商、世俗、老道、善于表演、懂得配合,更善于利用一切规则和条件达到自己目的的精致利己主义者。而且,贾雨村还是一个贪官。

甄士隐是第一个资助贾雨村的人。在第一回中,贾雨村收了甄士隐赠送的五十两银子和两套冬衣后,"不过略谢一语,并不介意,仍是吃酒谈笑"。随后天未亮就进京去了,只留话给葫芦庙和尚传达给甄士隐:"读书人不在黄道黑道,总以事理为要,不及面辞了。"这真真是打了天下读书人的脸,读书人不讲究黄道黑道也就罢了,难道读书人受人恩惠也不讲究答谢吗?

进京赶考走得匆忙,来不及答谢尚可理解。那么考完了、中举了、得官了,是不是应该到甄家去拜谢恩人呢?甄士隐家住址是书中唯一一个交代得清清楚楚、明明白白的地方：姑苏城阊门外十里街仁清巷葫芦庙旁。曹雪芹把甄士隐家地址写得这么清楚，可能就是为了提醒贾雨村日后应回来找甄家报恩。即便甄家后来遭遇火灾投奔了甄士隐岳丈家，也是稍一打听就能问到的。但是，贾雨村从未想过到姑苏城答谢恩人。

第二回交代得清楚："雨村因那年士隐赠银之后，他于十六日便起身入都，至大比之期，不料他十分得意，已会了进士，选入外班，今已升了本府知府。"这是贾雨村辞别甄士隐后考试得官的全过程。

从考试到得官再到升迁，这中间过了多长时间呢？我们来捋一捋。从第一回可知，贾雨村离开葫芦庙是当年中秋节的第二天，次年正月十五英莲丢失，三月十五葫芦庙失火，随后甄士隐携妻投奔岳丈家，"勉强支持了一二年"后甄士隐随一僧一道而去，甄夫人与娇杏做针线度日。一日娇杏上街买线遇到做了官的贾雨村。这段时间至少有两年也正是贾雨村得官到升任知府的两年时间，两年来他找过甄士隐吗？没有！

如果不是在街头偶遇娇杏，勾起了他那段青春萌动的回忆，也许他从来就不会想起甄士隐这个人。那为什么总有人只看到贾雨村对娇杏的长情，而看不到他对甄士隐的寡义呢？第二回，贾雨村召见封肃，得知英莲丢了，贾雨村还承诺："不妨，我自使番役务必探访回来。"贾雨村会派番役查访英莲吗？

第二篇 《红楼梦》里观世事

你要信贾雨村的嘴,那还不如去信骗人的鬼!

不用他寻访,第四回,买卖英莲一案就被送到了他的公堂。当门人明确告知他这就是甄士隐的女儿时,他但凡还记得甄士隐的恩情,还有一丝丝报恩之心的话,就应该将英莲送回日夜思念女儿的甄夫人那里。可是贾雨村亲手了结了薛蟠的案件,满足了薛家,讨好了贾家和王家,彻底断送了英莲回到亲生母亲身边的最后机会。贾雨村踩着甄家的血泪给自己戴上一顶升迁帽,在贾雨村的心里眼里,有的只是自己的前途和官运,哪里还能顾及那个了无音信的甄士隐和那个日夜盼女归的甄夫人啊!

甄士隐是贾雨村的第一个恩人,林如海是他的第二个恩人。甄士隐音讯全无后,贾雨村能踩着甄英莲的血泪给自己戴上一顶升迁帽,那么林如海撒手人间后,黛玉命运攸关之际,贾雨村会因林如海的知遇之恩而对黛玉施以援手吗?答案显然是否定的。

因林如海的推荐,贾政成了贾雨村的第三个恩人。那么,当有一天贾家遇难,贾雨村会感念贾政的提携之恩而对贾家施以援手吗?灵河岸边受神瑛侍者甘露之惠的绛珠仙草,誓要用一生的眼泪回报神瑛侍者。人世间做了黛玉老师的贾雨村,饱读诗书却不懂涌泉相报滴水之恩的道理。为了他自己,贾雨村不会救英莲,不会救黛玉,也同样不会救贾家。

趋利避害是人的本能,而精致利己则是在深思熟虑后做出的行为,成就自己是精致的利己主义者言行的唯一驱动力。取信甄士隐,求助林如海,护送黛玉,结交贾府,包庇薛蟠,一切都只是为了成就贾雨村自己而已。

利己人人都会,而精致利己则需要很高的智商和一系列的表演和包装。贾雨村就很懂得包装自己,懂得如何表演,懂得如何取信于人。在甄士隐面前,贾雨村把自己包装成一个对生活有追求、有远大理想的人;在林如海面前,贾雨村把自己包装成一个学识渊博的私塾先生;在贾政面前,贾雨村把自己包装成谦恭下士的正人君子。就连在应天府堂前判案,他也要虚张声势,把自己包装成一个不畏强权、秉公执法的青天大老爷!

贾雨村的智商、学识也是毋庸置疑的。他能够一举考中进士,能够做得了林黛玉的老师,能够得到这么多人的赏识,都充分说明:自古以来,我们的考试制度只能淘汰"学渣",却不能淘汰"人渣"。

交浅切莫言深

交浅切莫言深的道理,应天府门子也许要到被充发的那一天才会明白。

门子原是姑苏城葫芦庙里的一个小沙弥,第四回,贾雨村在应天府上任后,已经做了门子的小沙弥为了接近雨村上司,与雨村上司攀谈了往事。我们才知道,葫芦庙大火之后,他蓄了发,到应天府衙门做了个门子。好运似乎特别眷顾他,只几年的光景,就买了房子、娶了老婆,还有空余的房子出租给拐子。就冲这一点来说,门子的谋生能力和适应社会的能力都比甄士隐强了很多。

门子从得知自己的新上司是贾雨村开始,就窃喜自己职业生涯的春天要来了。他为贾雨村精心准备了一套护官符和一肚子掏心窝子的知心话。但这次好运没有站在他这一边,他的一番赤诚最终落了个被充发的结果。

门子犯了什么错?看看冷子兴,也许能找到答案。

第二回,贾雨村与冷子兴相逢于酒馆之中,一见贾雨村,冷子兴就"起身大笑,接了出来,口内说:'奇遇,奇遇!'"。贾雨村也很快就认出他是"都中在古董行中贸易的号冷子兴者,旧日在都相识"。虽不知二人交情如何,但一眼就认出来彼此,至少可说两人是老熟人了。"雨村最赞这冷子兴是个有作为大本领的人,这子兴借雨村斯文之名,故二人说话投机,最相契合。"可见两人不仅是老熟人,交情还相当不错。

即便如此,冷子兴也只是和贾雨村八卦贾府秘闻,就像我们今天朋友之间聊一些明星娱乐事件一样,这些都是茶余饭后的谈资,怎么聊怎么开心。

那再来看看门子。

论交情,他和贾雨村连个熟人都算不上。早年在姑苏城阊门外葫芦庙内时,贾雨村是个落魄的穷书生,门子是葫芦庙里的一个小沙弥,他们虽说在同一个屋檐下生活过一段时间,但是交往并不深入。精致的利己主义者贾雨村有着"玉在椟中求善价,钗在奁内待时飞"的理想抱负,他能设法结交甄士隐这样的人,却不会把葫芦庙里的小沙弥放在眼里。几年后做了官的贾雨村在应天府再见门子,"却十分面善得紧,只是一时想不起来"。可见,二者就算曾经有过生活交集,也没啥交情,贾雨村从来没有把门子列入他的朋友圈。

论身份,他和贾雨村乃上下级的关系。贾雨村荣升应天府知府,门子只是应天府的小办事员,门子说起了往事,贾雨村也以"故人"相称,但是门子对自己的身份也还是很清楚的。那毕竟是上

第二篇 《红楼梦》里观世事

司,贾雨村让他坐谈,他也不敢坐,贾雨村再三让坐,他"方告了座,斜签着坐了"。这就和冷子兴的闲谈慢饮不同了,门子无论如何也不可能像冷子兴那样,与贾雨村达到"说话投机,最相契合"的地步。

论说话,门子情商就更低。他和贾雨村一见面就酸溜溜地说:"老爷一向加官进禄,八九年来就忘了我了?"这话让贾老爷怎么接?往往以这种话开头的人,总给人一种"近之则不逊,远之则怨"的感觉,就好比常年不联系的同学,一见面就揶揄你:"你现在混得好了,把老同学都忘了吧?"你要真忘了他,那就是忘本;要说没忘呢,他马上就会觉得你们二人交情很深。

贾雨村确实想不起来结交过门子,那门子就继续提醒贾雨村:"老爷真是贵人多忘事,把出身之地竟忘了。不记当年葫芦庙里之事?"虽说贫贱之交不可忘,可是哪个飞黄腾达的人愿意提及自己曾经落魄的岁月啊。看看人家冷子兴,聊八卦也不忘给贾雨村脸上贴金:"老先生你贵同宗家,出了一件小小的异事。"冷子兴很会聊天,一张口就把沦落成家庭教师的贾雨村和荣国府贾家拉成同宗,而那门子一见面就把做了应天知府的贾老爷打回了葫芦庙里寄居的穷儒生,这聊天技术的差距,真不是一般的大。

再说上下级关系。什么是好的下级?那就是想上级领导之所想,急上级领导之所急,绝不给上级领导出难题。这门子向贾雨村透露护官符算是为贾雨村着想,贾雨村护住官位应该也不会亏待他。可是他不该一面向领导透露护官符,一面又向领导透露涉案当事人就是雨村的恩公之女,这就是给上司出难题了嘛!这到底是让领导护官还是报恩?要报甄士隐的恩就得秉公执法,那样一来肯定得丢官;要护官那就对不住甄家,那样一来就影响了上司在下属心中的形象。

在上下级关系上,门子尤其不懂得自己的定位。在贾雨村百般纠结的时候,他一个门子却做出一副说教者的姿态,教育贾老爷要懂得"大丈夫相时而动"和"趋吉避凶者为君子"的道理。一个满腹经纶又历经官海浮沉的堂堂知府,却要听手下一个门子,让贾雨村老爷面子往哪儿搁?更可怕的是,这门子还知道"小的闻老爷补升此任,亦系贾府王府之力"。这门子是不是知道得太多了呢!门子没有自知,还进一步教育贾老爷:"此薛蟠即贾府之亲,老爷何不顺水行舟,作个整人情,将此案了结,日后也好去见贾府王府。"这就不仅仅是在说教了,顶头上司的身前身后事,官位底细他全然掌握,作为上司的贾雨村能对他放心吗?

要说会聊天,还得是人家冷子兴。聊八卦的过程中,不经意地说一句:"目今你贵东家林公之夫人,即荣府中赦、政二公之胞妹,在家时名唤贾敏。"聪明人一点就透,八卦新闻一向是贾雨村人生进步的阶梯,这么一个重要的信息贾雨村怎会轻易放过。又听得有朝廷起复旧员之信时,冷子兴也只顺便献计,"令雨村央烦林如海,转向都中去央烦贾政"。多么体贴啊,聊了天喝了酒献了计,感情自然更进一层,看似啥也没说,其实说得很到位。

同样是他乡遇故知,同样是向贾雨村献计,同样是聊八卦热搜,一个是把酒言欢,一个落了充发,这就是说话的艺术,语言的学问。

一起拐卖妇女儿童案件的始末

《红楼梦》中第一回元宵节，苏州城十里街内灯火如昼，在这个花好月圆的夜晚，甄士隐老先生闭门家中坐，祸从天上来。

家仆霍启带着小姐英莲去看灯，因其小解，就将英莲放在一家门槛上，等他小解回来已不见英莲人影，霍启寻了半夜未得，不敢回甄家，便逃往他乡了。可苦了甄士隐夫妻二人，见女儿一夜未归，托人四处寻找皆音信全无。夫妻二人半生只有这一个女儿，当成掌上明珠似的娇生惯养，可怜天下父母心，自女儿走失后，夫妻二人昼夜啼哭，几乎不曾寻死。偏偏祸不单行，甄家隔壁的葫芦庙失火，甄家被烧成了一片瓦砾，痛失爱女又突遭横祸，家道中落的甄士隐在岳丈家过了几年凄凉日子后便不知去向。

一个孩子就是一个家庭的全部，古往今来，道理仍同。

从这一天开始，甄英莲的人生也被甩出了正常的轨道。

以前的她是娇生惯养的甄家大小姐，这一天之后，她成了拐子手中的待售货物。第四回，门子对贾雨村介绍案情时说，这拐子是个专门拐骗妇女儿童的人贩子，"单管偷拐五六岁的儿女，养在一

第二篇 《红楼梦》里观世事

个僻静之处,到十一二岁,度其容貌,带至他乡转卖。"英莲很不幸,五岁那年的元宵节遇上了这个拐子,在拐子手下长到十二三岁。这七八年的时间里,拐子对外以英莲爹的身份自称,对内不知打了英莲多少回,英莲才不敢说出自己的身世,只得认他作爹。

在金陵城,第一个买英莲的"是本地一个小乡绅之子,名唤冯渊,自幼父母早亡,又无兄弟,只他一个人守着些薄产过日子"。虽说英莲薄命,如果能这样嫁于冯渊也算不幸中的万幸。可是天不遂人愿,这拐子一主两卖,在收了冯渊的银子后又把她卖给了薛蟠,这薛蟠便和冯渊为争买英莲打了起来,冯渊不是呆霸王薛蟠的对手,当即被薛蟠手下人"打了个稀烂,抬回家去三日死了"。打死了冯渊,薛蟠带着英莲和其家眷自顾上京去了。冯渊的家仆为主申冤,告了一年的状,竟无人做主。一年后,应天府上任并接管此案的就是贾雨村。

拐子带英莲到金陵后所租房舍的房东就是在应天府当差的门子,可巧这门子当年在甄家隔壁葫芦庙里当过小沙弥,葫芦庙火灾后,无处安身,遂趁年纪蓄了发,在应天府这里充了门子。门子当年经常哄英莲玩耍,对英莲的样貌记忆深刻,特别是英莲"眉心中原有米粒大小的一点胭脂痣,从胎里带来的",故门子不仅认出了英莲,而且掌握了拐子的职业身份,英莲当年被拐卖的事实基本可以认定。

除此之外,冯渊的家仆诉状说得很明白:"被殴死者乃小人之主人。因那日买了一个丫头,不想是拐子拐来卖的。这拐子先已得了我家的银子,我家小爷原说第三日方是好日子,再接入门。这拐子便又悄悄卖与薛家,被我们知道了,去找拿卖主,夺取丫头。无奈薛家原系金陵一霸,倚财仗势,众豪奴将我小主人竟打死了。"冯家家仆诉说的案件过程与门子掌握的情况相互印证,基本可以认定案件事实。可以说拐子拐卖英莲一案是罪证确凿,事实清楚。

然而这个案件自始至终就不是一个拐卖妇女儿童的案件,而是故意伤害致人死亡案!

贾雨村上任后,报到他案头的就是"一件人命官司",案由就是"两家争买一婢,各不相让,以致殴伤人命"。冯渊家仆告了一年的状,诉讼请求是"望大老爷拘拿凶犯,剪恶除凶,以救孤寡"。贾雨村审理这个案件的焦点也是如何调停冯家和薛家的矛盾,最后以薛家给冯家金钱赔偿结案。从此之后那冯渊家仆"得了许多烧埋银子,也就无甚话说了"。薛家了了一件人命官司,安心上京了,贾雨村同时讨好了护官符里的贾家、王家和薛家,前程自然一片光明。被告和原告都息诉服判,简直是皆大欢喜。

可是,英莲呢?

红楼世界里再无英莲,而薛家会多一个改名换姓的丫头,名唤香菱。

你的麻烦与我无关

作威作福一般是指上位者滥用职权,这种人劣迹斑斑,最遭人痛恨。然而有些小人物一旦有点权势,就会变着法子为难别人,明明比作威作福的人更可恨,却往往因为是小人物而总是被原谅,甚至他们的行为,还会被扭曲地称颂为"敬业"。

在第六回中,刘姥姥带着板儿为了讨生活,一老一小天未明就从家里出发,一路步行进城找至荣国府门前。见到了占了大半条街的荣国府,卑微的刘姥姥丝毫不敢懈怠,看到也不敢贸然前去,而是"掸了掸衣服,又教了板儿几句话,然后蹭到角门前"。真是阎王好见小鬼难缠,刘姥姥也许想不到,她遇到的第一道难关竟是荣国府的角门门卫。

俗语说,宰相门前七品官。能在国公府贾府门前当差,虽是三等奴才,也是倍儿有面子的事情,哪怕一个门卫也要尽可能地刷出主人般的存在感来。

刘姥姥走上前来,"只见几个挺胸叠肚指手画脚的人,坐在大板凳上,说东谈西呢"。"挺胸叠肚""指手画脚""说东谈西"写尽贾府豪奴的嘴脸。在荣国府角门前当差,虽说算是有点门路,也还是底层人民,论家境不见得比刘姥姥好到哪里去。可当下就是这么一些贾府的三等奴才,也不会把刘姥姥这样的庄稼人放在眼里,刘姥姥还得上前向他们问候纳福,口称太爷们。

荣国府门前当差的人,见惯的是达官显贵,难得来这么一个乡巴佬让他们挺直腰杆问话也算是给他们一个耍威风的机会。这几人打量了刘姥姥一会儿,问:"那里来的?"刘姥姥陪笑道:"我找太太的陪房周大爷的,烦那位太爷替我请他老出来。"

刘姥姥要找的人是王夫人的陪房周瑞家的,这几个门卫当差的不可能不认识周瑞家的,他们即便不进去通传,也应为刘姥姥指条明路。然而刘姥姥的百般谦卑纳福并没有给她赢得尊重。"那些人听了,都不瞅睬,半日方说道:'你远远的在那墙角下等着,一会子他们家有人就出来的。'"这明显就是要戏耍刘姥姥。好在来了一位厚道的老年人,指责他们:"不要误他的事,何苦耍他。"并向姥姥指明了到哪里能找到周瑞家的。

门卫们失职么?没有。门卫的职责是防火防盗保安全。刘姥姥是一个外来陌生人,门卫并没有为她找人的义务如果门卫把她放进去了那更叫失职。在这些当差的眼中,刘姥姥甚或是周瑞家的,都还不值得他们去帮这个忙,尽这份职。作为门卫,拦住一个陌生人,一个看上去与府里主子不可能有关系的陌生人,就是门卫尽职了。至于说这一老一小从多远的地方赶来,要在墙角下等候多久,有没有急事,如果等不到该怎么办,这些就统统都不在门卫的职责范围之内了。

有时候,有的人,表面上看是敬业,实际上就是"你的麻烦与我无关"。

凤姐与刘姥姥的高手过招

刘姥姥叩响了贾府的富贵门,为女儿家借来了暖冬;凤姐不经意的接济行为,为女儿的将来赢得了春天。

刘姥姥与王熙凤,一个是久经世故的农村老寡妇,一个是精明能干的荣国府当家人,一个"穷在街头无人问",一个"富在深山有远亲"。第六回世事洞明的刘姥姥来到荣国府,从"少说些有一万个心眼子"的凤姐处借到了一家子过冬的钱,可谓是两个人精过招,不得不让人拍案叫绝。

虽说凤姐确实"偶因济刘氏",使女儿巧姐"巧得遇恩人",但这时的凤姐还是一个不相信阴司报应的强势当家人,别说刘姥姥这么一个八竿子打不着的亲戚,就是像贾琏的奶妈、贾芹、贾芸等人要来贾府找事做,还要在凤姐面前百般讨好曲意逢迎。而刘姥姥的名义是借钱,其实就没打算还钱。她来向凤姐打秋风,哪能那么容易呢?

别的不说,荣国府的门就不是那么好进的。贾雨村要进来还得靠着林如海的举荐信和护送黛玉入京之名义。刘姥姥不可能有林如海这样的人推荐,但她也知道寻找个中间人引荐,她找的中间人就是曾经受过狗儿帮助的周瑞,周瑞老婆又恰好是王夫人的陪房。周瑞家的告诉刘姥姥王夫人现如今不管事,要找还是要找管家的凤姐,于是周瑞家的便领了刘姥姥到凤姐处。

所以说求人办事啊,不要总坐在家里空想着那么大的人物,那么高的门槛,普通人怎么可能接近呢?正如刘姥姥所说,"谋事在人,成事在天",要善于利用自己一切可以利用的资源。只要思想不滑坡,办法总比困难多。

见到凤姐只是刘姥姥借钱的第一步。这狗儿家和王夫人家是多少年都不联系的远亲了,平时也没啥走动,突然登门就是借钱实属冒昧。就搁现代社会,多年不联系的老朋友,一个电话打过来要借钱,这搁谁心里也不高兴啊。

所以,凤姐先摆点姿态还是很有必要的。

刘姥姥第一眼见到的凤姐是这样的:

"那凤姐儿家常带着秋板貂鼠昭君套,围着攒珠勒子,穿着桃红撒花袄,石青刻丝灰鼠披风,大红洋绉银鼠皮裙,粉光脂艳,端端正正坐在那里,手内拿着小铜火箸儿拨手炉内的灰。平儿站在炕沿边,捧着小小的一个填漆茶盘,盘内一个小盖钟。凤姐也不接茶,也不抬头,只管拨手炉内的灰,慢慢地问道:'怎么还不请进来?'"

周瑞家的领刘姥姥进来站着半天了,八面玲珑的凤姐不可能没有看到，她就是不抬头，等摆够了谱儿，要足了威风后才慢慢地开口说话。由于周瑞家的通报给平儿时说的是这刘姥姥"当日太太是常会的"，所以凤姐也不敢过于怠慢，万一真是王家什么要紧的亲戚呢，所以抬眼看见刘姥姥时还是"满面春风的问好，又嗔着周瑞家的怎么不早说"。显摆完自己的傲娇后再表达一下虚礼，睁眼说瞎话地责对周瑞家的不会办事。

刘姥姥这才反应过来，慌得"在地下已是拜了数拜，问姑奶奶安"。凤姐也见好就收，忙说："周姐姐，快搀起来，别拜罢，请坐。我年轻，不大认得，可也不知是什么辈数，不敢称呼。"

凤姐说不知什么辈数，我们来帮她捋一捋啊。

第六回中说王家的祖上做京官时，"昔年与凤姐之祖王夫人之父认识。因贪王家的势利，便连了宗认作侄儿"。这样算来，连宗时，王家祖上做了王夫人之父的侄儿，与王夫人是平辈的。其子王成比王夫人晚一辈，和凤姐是一辈的，王成之子王狗儿就比凤姐晚一辈，如此王狗儿的丈母娘刘姥姥和凤姐就是平辈的了。但是两家不常走动啊，这么疏远的关系别说凤姐搞不清楚辈数，刘姥姥也没搞清楚辈数啊，按说王狗儿都是凤姐晚一辈子的了，她还指着板儿对凤姐说"你侄儿"，所以这两家的关系实在是远得，连辈分都乱了。

两家因地位悬殊而疏远是很正常的现象，但凤姐一开口还是把疏远的锅扣到刘姥姥家头上："亲戚们不大走动，都疏远了。知道的呢,说你们弃厌我们,不肯常来;不知道的那起小人,还只当我们眼里没人似的。"

这话让刘姥姥很难接了,承认自己不常来,那就是承认凤姐说"你们弃厌我们",不承认却否认不了两家真的多年不来往的事实。且看刘姥姥的回答:"我们家道艰难,走不起,来了这里,没的给姑奶奶打嘴,就是管家爷们看着也不像。"这话说得很实在,也很聪明,她没有急于向凤姐攀亲,也没有巧言辩解,实话实说自己家穷啊,没钱没地位啊,就算来了,也给亲戚丢脸啊。

刘姥姥这番自贬的大实话果然深得凤姐之心,凤姐随后笑道:"这话没的叫人恶心。不过借赖着祖父虚名,作个穷官儿,谁家有什么,不过是个旧日的空架子。俗语说,'朝廷还有三门子穷亲戚'呢,何况你我。"凤姐说得更聪明,既维护了刘姥姥的脸面,也侧面表明了自己家生活也不易,是个穷官儿、空架子。聪明如凤姐,她早就看出来刘姥姥的来意,先表明自己家的日子也不容易。

刘姥姥虽听明白了凤姐话里的意思,但终还是说明了来意:"今日我带了你侄儿来,也不为别的,只因他老子娘在家里,连吃的都没有。如今天又冷了,越想没个派头儿,只得带了你侄儿奔了你老来。"

刘姥姥直接把来意挑明,那凤姐该怎么做呢?

凤姐先是安排刘姥姥吃饭,趁机暗中让周瑞家的去询问王夫人的意思。确知刘姥姥家是曾经连过宗的亲戚,也得到王夫人的授意后凤姐就不可能让刘姥姥空着手回去了。人家毕竟是奔着王夫人来的，不借钱对王夫人也不好交代，但也不能大手笔地往外拿钱，不当家不知柴米油盐贵，这口子一旦开了，贾府那些七大姑八大姨都来揩点油，那凤姐这当家人可就不好当了。

凤姐笑道："且请坐下，听我告诉你老人家。方才的意思，我已知道了。若论亲戚之间，原该不等上门来就该有照应才是。但如今家内杂事太烦，太太渐上了年纪，一时想不到也是有的。况是我近来接着管些事，都不知道这些亲戚们。二则外头看着虽是烈烈轰轰的，殊不知大有大的艰难去处，说与人也未必信罢。今儿你既老远的来了，又是头一次见我张口，怎好叫你空回去呢。可巧昨儿太太给我的丫头们做衣裳的二十两银子，我还没动呢，你若不嫌少，就暂且先拿了去罢。"

凤姐这番话说得可谓是三百六十度无死角的圆融，先是自我批评一番，承认自己年纪轻刚管事，对亲戚照应不周；然后就说到其实贾府并不像表面看得那么风光，谁家都不容易；最后给足刘姥姥面子，不能让她空手回，就把给丫头们做衣裳的二十两银子先挪出来。这让刘姥姥看到凤姐多不容易啊，这贾家也多不容易啊，在这么艰难的情况下还给亲戚腾挪了二十两银子。

同样是二十两银子，凤姐很爽快地拿出去，保不准亲戚家还真嫌少，拿了钱还骂她抠门儿。被凤姐这么一番告白后拿出去的二十两银子，就像被镀了层金一样弥足珍贵，对刘姥姥的心理产生的作用是不一样的:"那刘姥姥先听见告艰难,只当是没有,心里便突突的;后来听见给他二十两,喜的又浑身发痒起来,说道:'嗳,我也是知道艰难的。'"刘姥姥不仅不会嫌少,还会加倍地感念凤姐在这么"艰难"的情况下还能借钱给自己,真是个厚道善良之人啊!

另外,凤姐的话还有一层意思,这借出去的钱是她挪用丫头们做衣裳的钱,事后她还要想办法补上,所谓救急不救穷,好赖也就这么一回,也没指望刘姥姥还,地主家也没有余粮啊,以后刘姥姥还好意思再来吗?

让凤姐没有想到的是,刘姥姥还是会来的,不过再次登门的刘姥姥不是来借钱的,而是来报恩的。让刘姥姥没想到的是,她来报恩时得到的比第一次借钱时得到的还要多。刘姥姥没有想到凤姐会给予她那么多,而凤姐也没有想到刘姥姥将来回报凤姐的更多。

人间清醒刘姥姥

刘姥姥粗俗、卑微、浅陋,别说与黛玉、宝钗相比,就是贾府的婆子媳妇丫鬟之流的生活也比她精致很多倍。可就是这么一个乡下老太婆,不仅从凤姐处借到了钱,还做了贾母的座上客,游了大观园,喝了妙玉的茶,赏了各小姐们的闺房,睡了怡红院宝玉的床。每一件看似不可思议的事,刘姥姥竟然都做到了。刘姥姥靠的就是:世事洞明、人间清醒。

人间清醒的丈母娘

世事洞明的刘姥姥首先能做个人间清醒的丈母娘。刘姥姥是个积年的寡妇,平时跟着女儿女婿过日子。女儿家也不宽裕,女婿王狗儿愁于生计,在家里喝闷酒寻闲气,女儿都不敢顶撞。

一般遇到这种事情,三流丈母娘为女儿出气骂女婿,哪怕家里吵翻天也要为女儿出口气;二流丈母娘不吭声,为了家和忍气吞声,不给女儿找麻烦;一流丈母娘做思想工作,帮女儿家解决问题,还能随手给女婿抛一两个点子。刘姥姥就是一流丈母娘的天花板。

在第六回中,刘姥姥她用她积年的人间清醒教育女婿:"咱们村庄人,那一个不是老老诚诚的,守多大碗儿吃多大的饭。你皆因年小的时候,托着你那老家之福,吃喝惯了,如今所以把持不住。有了钱就顾头不顾尾,没了钱就瞎生气,成个什么男子汉大丈夫呢!如今咱们虽离城住着,终是天子脚下。这长安城中,遍地都是钱,只可惜没人会去拿去罢了。在家跳蹋会子也不中用。"几乎每一句都透露出老人家生活阅历的积累,有里有面,密不透风,又点到即止。不仅如此,她还帮着女婿出谋划策,在女婿的请求下,带着外孙板儿上贾府的高门槛去借钱。

面对生活的苦难,刘姥姥一不摆丈母娘谱,二不受老母亲苦,三不把女婿辱,四帮着女儿把困难堵。有想法、有计划、有勇气、有执行力,这样的她在任何时代都是人间清醒的丈母娘。

人间清醒的奋斗者

从没有经历过贫穷的人无法体会刘姥姥家的生活困境,没有经历过因贫穷而张口借钱的人无法共情刘姥姥扣富贵门的困境,即便有同样经历的人也很难体会刘姥姥的经历。

第六回中,在去贾府之前,刘姥姥就知道"侯门深似海",在和凤姐开口时也是"未语先飞红的脸"。所以说刘姥姥不是没想过自己的面子，内心也不是没有过纠结和挣扎，但是在生活压力前，面子又能值几个钱啊！一家人等着过冬钱，要面子就要烂里子，面子是给人看的，里子是自己过的，刘姥姥深知这个道理，她舍弃自己的面子去换一家人生活的里子。她小心谨慎地蹭前询问看门人，想方设法套近乎讨好周瑞家的，卑微又得体地应对精明能干的凤姐，最终从八面玲珑的凤姐手上借得了二十两银子一吊钱。

这样的她既不会向苦难低头，也不会被苦难压垮，永远有一种认清生活的真相却依然热爱生活的豁达和从容。

人间清醒的借债人

刘姥姥之所以能想到向贾家借钱，主要缘于女婿家祖上与王夫人娘家有一些瓜葛，但是论亲也是八竿子打不着的远亲了。至于能不能见到贾府的王夫人，以及能不能借到钱，刘姥姥心里没底却有清醒的认识。第六回中，她答应女婿到贾府去时就说："果然有些好处，大家都有益；便是没银子来，我也到那公府侯门见一见世面，也不枉我一生"。刘姥姥就是那种哪怕低到尘埃里的人，也不失做人的原则——懂得感恩。别人帮了自己就感恩他人，没有得到帮助，也能见见世面。感恩他人的馈赠，感恩生活的历练，这样的她在任何时代都不会被生命辜负。

第二篇 《红楼梦》里观世事

凭借着一腔孤勇从贾府借到钱后,善良的刘姥姥更懂得感恩。在第三十九回中,刘姥姥二进荣国府,她是拉着丰收的蔬菜瓜果来答谢的。感恩的前提是懂得边界感和分寸感,刘姥姥既深知贾府拔一根毫毛也比她腰粗,也懂得人家的毫毛不是随便拔的;她既见识了荣国府的豪华气派,也不会因自己身份的卑微就自惭形秽;她既了解了贾府一顿饭的价值,也丝毫不贬损凤姐施予她的二十两银子的珍贵;她既明明知道众人在拿她当乐子,也能看到众人内心的善意和自己的价值。

刘姥姥就是那种能把自己低到尘埃里,也能在尘埃里感恩阳光、感恩雨露、感恩生命让她遇见的一切美好。这既是刘姥姥的善良之处,也是她的聪明之处,她深知这也是人与人之间得以维持长久良好关系的基础。

年少不懂刘姥姥,读懂已非少年人。要面子不代表伤里子,没知识不代表没文化,知世故不代表要世故,放低自己不代表要轻贱自己。世事洞明皆学问,大字不识一个的刘姥姥凭借人情练达给我们展示了她深邃的人生感悟。

是黛玉小心眼儿,还是周瑞家的耍心眼儿?

周瑞家的送刘姥姥送出了恩德,而送宫花,却送出了麻烦。

第七回,周瑞家的送完刘姥姥后,来向王夫人回话,然后薛姨妈就差使她给姑娘们送宫花。周瑞家的一路送过来,最后两枝送给了黛玉,傲娇的黛玉当时就不高兴了,冷笑道:"我就知道,别人不挑剩下的也不给我。"

与刚刚梨香院里温柔端庄、有问必答的宝钗相比,此时的黛玉实在是太刻薄尖酸了,她的心眼儿真是比宫花的纱眼还小啊,不就是几朵宫花吗,怎么送,都有人是最后一个呀,至于拿一个送花的下人撒气吗?

周瑞家的能有什么坏心思呢,她不过是想完成差事罢了。

说到差事,我们先来看看薛姨妈是怎么交代的。

薛姨妈道:"这是宫里头的新鲜样法,拿纱堆的花儿十二支。昨儿我想起来,白放着可惜了儿的,何不给他们姊妹们戴去。昨儿要送去,偏又忘了。你今儿来的巧,就带了去罢。你家的三位姑娘,每人一对,剩下的六枝,送林姑娘两枝,那四枝给了凤哥罢。"

第二篇 《红楼梦》里观世事

薛姨妈交代得很清楚，迎春、探春、惜春三位姑娘每人一对，再给黛玉两枝，最后给凤姐四枝。薛姨妈全家住在贾府，作为客人对贾府的姑娘们尊重客气是应该的，所以她安排先送迎春、探春和惜春三个姑娘，再送黛玉。凤姐呢，是自家侄女，又是贾府的媳妇儿，理应排在姑娘们之后。所以薛姨妈这个顺序的安排是很合理的。只是周瑞家的在送宫花的时候却擅改了顺序，她在给三个姑娘送完后，先去了凤姐那里，最后才到了黛玉住处。

我们从贾府吃饭的排位顺序就可以看出，未出阁的姑娘的地位是尊于贾府媳妇的，姑娘们可以坐下吃饭，而王夫人、李纨、凤姐这些媳妇都是要在一边伺候着的。作为王夫人的陪房，周瑞家的在贾府中混迹了大半辈子，她不可能不清楚这些规矩，她应该知道先给凤姐送是不合理的。

周瑞家的在给凤姐送完宫花去往黛玉住处的路上遇到了来求助的女儿，她对女儿说："嗳！今儿偏偏来了个刘姥姥，我自己多事，为他跑了半日；这会子又被姨太太看见了，送这几枝花儿与姑娘奶奶们。这会子还没送清楚呢。"注意，这里说的是送几枝花给姑娘和奶奶们，姑娘是迎春、探春、惜春和黛玉，奶奶就是凤姐。而她到了黛玉处就说："林姑娘，姨太太着我送花儿与姑娘戴来了。"这里她没有提奶奶了，在黛玉面前周瑞家的刻意回避了凤姐，她心里非常清楚先给凤姐送礼是不合礼仪的。她以为只说贾府的三个姑娘，黛玉就不会挑理了，只是她低估了黛玉的"毒舌"，更低估了黛玉的智商,那么大一个花匣子,里面放几朵花,黛玉往里面瞧上一眼,心里还没数吗?

周瑞家的能有什么坏心思呢,她不过是图顺路罢了。

周瑞家的给姑娘们送宫花时,书中说得很清楚,"近日贾母说孙女儿们太多了,一处挤着倒不方便,只留宝玉黛玉二人这边解闷,却将迎、探、惜三人移到王夫人这边房后三间小抱厦内居住,令李纨陪伴照管"。所以从王夫人房中出来,最近的、也最顺路的就是先送给三个姑娘,然后穿夹道过李纨处,出西角门进入凤姐院中。这路线看起来似乎十分合理,好像真的是顺路这么走过去的。

可是不要忘了,作为王夫人的陪房,周瑞家的办完事是需要回到王夫人那里去回话的。刘姥姥来荣国府打秋风,整个过程都是凤姐接待的,但是周瑞家的送完刘姥姥还是要到王夫人处回话。这次周瑞家的帮薛姨妈送宫花,送完后依然也要到王夫人处回话。既然最后都是要回来的,那就不存在黛玉住得是远还是近的问题了。

设想一下,假如薛姨妈送的不是宫花,而是吃的糕点啥的,不止姑娘们有,宝玉也有。那么周瑞家的会先给谁送呢?宝玉、黛玉和贾母住在一起,周瑞家的还会顺路送完其他人,剩下的送到宝黛这里来吗?

周瑞家的能有什么坏心思呢,她不过是要巴结讨好主子罢了。

作为王夫人的陪房,周瑞家的十分清楚自己仰仗的是谁,应该

第二篇 《红楼梦》里观世事

巴结讨好的是谁。

书中第七十一回写道:"周瑞家的虽不管事,因他素日仗着是王夫人的陪房,原有些体面,心性乖滑,专管各处献勤讨好,所以各处房里的主人都喜欢他。"仰仗王夫人的势,当然要讨好王家的人,更何况主子的势力真的是非常管用。送宫花路上遇到她女儿来求助,冷子兴惹上官司的事儿在她眼里,也是"这有什么大不了的事!你且家去等我,我给林姑娘送了花儿去就回家去。此时太太二奶奶都不得闲儿,你回去等我。这有什么,忙的如此"。还说她女儿"小人儿家没经过什么事,就急得你这样了"。看来周瑞家的这种事还真经历得不少,最后应该都是仰仗主子摆平的。仰仗主子,可以让自己在贾府里有面子,在贾府外有里子,当然要巴结讨好王夫人了,黛玉虽然是贾母的心头肉,可是对自己没多大好处啊。

不过我们想想,如果黛玉是那种动不动就向贾母哭诉的孩子,焉知贾母不会为黛玉做主? 如果黛玉向自己老爸去信诉说,那林如海会如何呢? 要知道此时的林如海仍健在,还是巡盐御史,皇帝面前的红人啊!

所以说,最会拿捏人物性格、心性乖滑的周瑞家的能有什么坏心思呢,她早就对黛玉了解得透透的,连她都知道黛玉事后不会告状,不会和她过不去,为什么总还有读者看不明白,纠缠着说黛玉小心眼儿呢?

当"牛娃"变成"熊孩子"

五十多岁的营善郎秦业老来得子,夫人给他生了个儿子。

第八回中介绍,秦业夫妻二人因膝下无子,在养生堂抱养了一儿一女,谁知世道艰难,养子死了,养女可卿倒是"生的形容袅娜,性格风流"。原本以为人生就这样了,没想到上天垂怜,竟让他在五旬之时又得了个儿子,真是祖上烧高香啊。

感念祖上阴德,秦业像很多养鸡娃的父母一样,决心好好栽培儿子,希望他有个美好前程。秦业官职虽然不能与四大家族相比,也还是尽其所能给儿子请老师,并教导儿子读书。为了送儿子就读京城著名的贾府私塾,宦囊羞涩的秦业不惜一切代价,"东拼西凑的恭恭敬敬封了二十四两贽见礼"来拜见私塾先生贾代儒。

就这样,秦钟一脚踏入名校,成为京城贵族学校的一员。

秦可卿虽然是秦业抱养的女儿,但她能入贾母的眼,第五回,秦可卿安排宝玉午睡时,贾母就很放心,因为"贾母素知秦氏是个极妥当的人,生的袅娜纤巧,行事又温柔和平,乃重孙媳中第一个得意之人"。第十三回秦可卿临死前还能托梦凤姐,高瞻远瞩交代

第二篇 《红楼梦》里观世事

贾府日后的事宜,可见她应该是从小接受了良好的教育。可惜出身贫寒小户人家,既无强势娘家依靠,也无成器的兄弟为她支撑,在别人眼中,嫁入"豪门"的她或许还要承担着帮衬娘家、提携弟弟的家族重任。如此压力下的秦可卿在宁国府必须委曲求全才能护得周全。

秦钟如果真是个可造之才,将来能成为姐姐的臂膀,秦可卿也算有一份期盼,而秦可卿终是薄命,她救不了贾家,也撑不起秦家。

第七回秦钟见到宝玉的第一眼开始,就"可恨我偏生于清寒之家,不能与他耳鬓交接,可知'贫窭'二字限人,亦世间之大不快事"。宝玉恨不能身在寒门结交秦钟,那是身在福中不知福。秦钟羡慕宝玉的,不是宝玉的才学谈吐,不是惭愧自己才疏学浅,而是羡慕宝玉的富裕家庭和挥金如土的贵族生活,恨自己身在寒门,无缘与宝玉耳鬓交接,可见是个见识短浅、不堪大用之人。

和所有望子成龙的父母一样,为了儿子的梦想,宦囊羞涩的秦业东拼西凑交了昂贵的学费,可这一番苦心换来的不是日后争气,而是日后争闲气。

入学后秦钟书没读多少,先学会的是学堂里的歪风邪气。什么学业前程,什么家族希望,什么老父亲的含辛茹苦,早就化作眼前的纸醉金迷。他与宝玉二人话语绵缠引发同窗人诟谇谣诼,与"香怜""玉爱"两位同学缱绻羡慕,引发和另一同学金荣的口舌是非,既而造成了学堂内一片混乱打闹的教学事故。

这还不算完,秦钟回去还要向姐姐告状。可怜秦可卿本就在焦大醉骂后有了心病,现在又被亲弟弟的事情搅得思虑过头。第十回尤氏在和金寡妇抱怨时就说:"今儿听见有人欺负了他兄弟,又是恼,又是气。恼的是那群混帐狐朋狗友的扯是搬非、调三惑四的那些人,气的是他兄弟不学好,不上心念书,以致如此学里吵闹。"姐姐病情加重,秦钟不曾关心姐姐的身体,还要给姐姐找闲气,将来怎能成为姐姐的臂膀。

秦业年逾七十且体弱多病、家底薄、地位低,将来秦钟所能仰仗的只能是嫁入宁国府的姐姐秦可卿。有秦可卿在的一天,秦钟尚可攀附贾府,秦可卿死了,还没有留下一儿半女,贾蓉必会续娶,将来谁还能再拉扯秦家呢?然而这些统统不在秦钟的思虑范围内,在他的眼里,凤姐手下交接的对牌和乡村路边的二丫头更值得他思虑玩味。

更有甚者,在为姐姐送灵当晚,秦业年迈多病,命秦钟等待安灵。秦钟和宝玉一起跟着凤姐去往水月庵。姐姐尸骨未寒之时,尚未入土之际,他就白天和宝玉争茶调戏,晚上到智能儿房中偷试云雨。可怜秦可卿,自己最好的闺蜜在和净虚老尼弄权贪钱,自己最亲的弟弟在和尼姑偷情,就算她再有先见之明,再托梦交代后事,也救不了贾府,救不了秦家。

假若秦钟真的不爱读书,和智能儿情投意合,早日成家传续香火,也未免不可。智能儿希望脱离尼姑庵这个牢坑,看她师父净虚又是个贪财好利的,如果秦家愿意用钱帮智能儿赎身,或再求得凤姐出面说情,净虚必也不会阻拦。只可惜秦钟对智能儿并没有长久打算,他只想着与智能儿短期内成其好事。离了水月庵,他并没有救智能儿的任何想法和行动,甚至没有禀报秦业,最后气死了老父亲,还赔上了自己的一条命。

秦业鸡孩子最终鸡成了个熊孩子。"痴心父母古来多,孝顺儿孙谁见了?"这句话送给秦钟,最合适不过了。

"呆霸王"其实就是个"熊孩子"

薛蟠被称为"呆霸王",其实他就是个被家里宠坏的"熊孩子"。

条条大路通罗马,而薛蟠就出生在"罗马"。在第四回中说薛家本也是金陵书香继世之家,"且家中有百万之富,现领着内帑钱粮,采办杂料"。书香世家加上百万之富,让薛蟠含着金钥匙出生,又在蜜罐里长大。但是,薛蟠从小并没有受到良好的家庭教育,也没有接受正规的学校教育,没有正确的人生观、价值观引导,没有师长管教、约束和指点,以致其在"熊孩子"的道路上飞速成长。

应天府的门子说薛蟠"最是天下第一个弄性尚气的人"。从小被家里宠坏的孩子最容易弄性尚气,自小便要风得风、要雨得雨,哪怕天上的星星月亮,父母也会想尽一切办法满足,薛蟠十多年的成长生涯就是以我为中心的世界:"我就是我,自己的王,盲目又张狂。"

家里有势,没人敢和他争抢,家里有钱,没有争抢得过他。看中了一个丫头,买来就是了;有人和他抢,打死就是了。什么天理王法,什么人命关天,什么杀人偿命,这些在薛蟠的人生字典里是

第二篇 《红楼梦》里观世事

丝毫不存在的。

每个"熊孩子"的背后,都有一对不称职的家长。

虽说薛蟠幼年丧父,可是其父在世时,也没有对他严加管束和教育。抢买英莲时的他"今年十有五岁,性情奢侈,言语傲慢。虽也上过学,不过略识几字,终日惟有斗鸡走马,游山玩水而已"。薛蟠的品性不是一日养成的,应是从小就没有得到严加管束。薛蟠父亲什么时候去世的并不清楚,但是提到宝钗时说:"当日有他父亲在日,酷爱此女,令其读书识字,较之乃兄竟高过十倍。"父亲教导女儿读书识字,却没有管好儿子,所谓"子不教,父之过",薛蟠从小缺乏教养,薛父绝对有不可推卸的责任。

打死了人,薛蟠"竟视为儿戏,自为花上几个臭钱,没有不了的",这种思维习性与薛姨妈长期的过分溺爱和纵容是分不开的。"幼年丧父,寡母又怜他是个独根孤种,未免溺爱纵容,遂至老大无成。"在薛姨妈看来,薛蟠就是她的心肝宝贝,既然从小缺乏父爱,母亲就应该给予他更多的爱。薛姨妈明知道没有舅舅和姨爹的管束,薛蟠就会任意妄为,仍然任由薛蟠与宁国府贾珍等纨绔子弟吃喝玩乐、聚赌嫖娼,"渐渐无所不至,引诱的薛蟠比当日更坏了十倍"。

"昔孟母,择邻处。子不学,断机杼。"出身名门的薛姨妈不可能没有听说过孟母三迁的故事,可是在薛姨妈的意识里,家里"珍珠如土金如铁",薛蟠既不需要吃学习上的苦,也不需要吃工作上的苦,她的儿子只需要快乐成长就够了。

薛蟠表字文龙,看得出薛家父母和很多父母一样望子成龙,可薛蟠并没有长成一条飞龙,却活成了一只废虫。他不管理家庭经济事务,"虽是皇商,一应经济世事,全然不知,不过赖祖父之旧情分,户部挂虚名,支领钱粮,其余事体,自有伙计老家人等措办"。皇商之家的薛蟠不仅不理经济世事,而且连"唐寅"两个字都不认识,学识粗浅鄙漏,处处出丑。别人称他"呆霸王",贾琏几次提到他,都称他"薛呆子""薛大傻子"。

换句话说就是"人傻钱多"!

有钱让薛蟠任性地寻花问柳。买香菱也只是他任性的一次表现而已,闹出人命官司得到香菱之后,也没见他多么疼爱香菱,家里有了香菱,也依然跟着贾珍等人会酒观花、聚赌嫖娼,学堂里包养着金荣和"香怜""玉爱",锦香院里还有妓女云儿,家里的香菱就像薛蟠看中的一个玩具,喜欢就一定要占为己有,得到手后玩个两天就抛之脑后,这世界能吸引他注意力的东西实在太多了。

人傻让薛蟠盲目地寻花问柳。柳湘莲吹笛弹筝,经常登台串个戏,但他仍是世家子弟。贾珍、贾蓉、贾琏、宝玉、赖尚荣等都知道柳湘莲的品性,薛蟠却误把人家认作了风月子弟。柳湘莲素性爽侠,酷好耍枪舞剑,自然不能忍受被薛蟠侮辱,于是心生一计,几句谎话把薛蟠引到城外人迹稀少的苇塘一带痛打一番,还逼薛蟠喝那苇塘里的污水,一番操作猛如虎,真是解气又威武。

从小在蜜罐里长大的薛蟠何曾吃过这种亏,然而被柳湘莲教训后奇迹般地瞬间长大了,幡然悔悟自己的一无是处,一心要学着做些正事。也许到这时候他才从自己家庭的小世界里走出来,明白原来这个世界并不是自己想要什么就能得到什么,走出自己家的一亩三分地,号称"呆霸王"的自己不是王,不是霸,是真呆。

含着金钥匙长大的薛蟠不懂生活的苦,直至他遇到了柳湘莲。

这个世界有多少个"熊孩子",就会有多少个柳湘莲。

《红楼梦》里最失败的老师——贾代儒

国人一向尊师重道,故有"一日为师,终身为父"的说法。贾代儒是贾家义学的教书先生,而且是贾家代字辈的老人,按理说这贾代儒在贾家应该是德高望重的,可是他在全书中的存在感极低,因为他是红楼梦中最不称职、最失败的老师。

职业不顺

贾代儒作为贾家代字辈的人,宝玉得尊称他一句"太爷",而他大半辈子过去,只混了一个贾家义学的教书先生。第九回中说这贾家义学乃贾家"始祖所立,恐族中子弟有贫穷不能请师者,即入此中肄业。凡族中有官爵之人,皆供给银两,按俸之多寡帮助,为学中之费。特共举年高有德之人为塾掌,专为训课子弟"。贾家义学相当于今天的民办学校,贾代儒作为义学校长兼唯一的任课教师,虽然衣食有所保障,但在那个"学而优则仕"的时代他的事业发展显然是不顺利的。在他年轻时,应该也是尝过屡屡科举不中的忧伤吧。没能科举得官,也没有能力和门路像贾蓉、赖尚荣那样花钱买官,蹉跎大半辈子,年老了只能靠着肚子里还有几分墨水在义学里混口饭吃。

一个把教学仅当成混口饭吃的教师,注定培养不出治国齐家的栋梁。

生活不幸

生活并没有打算让贾代儒幸福地混口饭吃。

贾代儒也算是个可怜的人。第十二回中说,"贾瑞父母早亡,只有他祖父代儒教养"。可知这贾代儒是白发人送黑发人,他不仅要承受儿子儿媳早逝的痛苦,还要承担教养幼孙的责任。更重要的是,孙子最后染疾,贾代儒也拿不出钱来给孙子买"独参汤",孙子的死亡让他再次感受白发人送黑发人的痛苦。生活如此不幸,他也没能在职业中得到弥补。贾家义学子弟多纨绔,假借上学玩闹者多,真正求知者少;结交契弟者多,尊师重道者少。贾代儒作为教师的职业幸福感根本无从谈起。

一个生活、职业都没有幸福感的教师,注定培养不出阳光豁达的学生。

教学无方

贾政平时不管私塾的事,却也能从他的言语中推断出他对贾代儒的教学非常不满。在第九回中,贾政直接对宝玉的小厮李贵说:"那怕再念三十本《诗经》,也都是掩耳偷铃,哄人而已。你去请学里太爷的安,就说我说了:什么《诗经》古文,一概不用虚应故事,只是先把《四书》一气讲明背熟,是最要紧的。"一方面在贾政眼里,贾代儒的教学安排很不合理;另一方面,贾政也没把贾代儒放在多么尊重的地位,直接让小厮传达他的意见。对比林如海对贾雨村的态度,那真是天壤之别。

贾瑞父母双亡,贾代儒的教育是典型的封建家长制教法,"不许贾瑞多走一步,生怕他在外吃酒赌钱,有误学业"。尽管这样,还是把贾瑞教育成了一个"最是个图便宜没行止的人"。贾瑞被凤姐戏耍了一番,回到家中,贾代儒不问不察便"只料定他在外非饮即赌,嫖娼宿妓",动用家法打了贾瑞三四十板子,又让他"饿着肚子,跪在风地里念文章",成为贾瑞通往死亡之路上的一道催命符。

一个教学无方的教师,注定培养不出智慧卓越的学生。

从业无德

贾府的义学规定"族中子弟有贫穷不能请师者,即入此中肄业。凡族中有官爵之人,皆供给银两,按俸之多寡帮助,为学中之费"。也就是说,贾民家族中家境贫寒的孩子都是可以免费入学的,家学的学费也由有官爵的人供给。但是,这贾代儒不仅收着贾家家族官爵之人的银两供给,还收学生的束脩。秦业为了让儿子入学,给贾代儒"封了二十四两贽见礼",刘姥姥说过,二十多两银子"相当于刘姥姥一家一年的生活费用",可见,贾代儒收的学费是高标准的。而且,这还只是秦钟一个人的学费,书中还提到薛蟠也送了束脩给他,想来那薛蟠出手一定比秦业更阔绰。

收费高也就罢了,收了钱还不好好教书就没道理了。贾代儒是校长兼唯一的任课教师,既没有尽到校长的管理责任,也没尽到普通教师的教学责任。对于义学里的歪风邪气滋生,他不仅疏于管理,而且家中有事就自己早早回家,只把管理权力交给自己的孙子贾瑞,最终引发了顽童闹学堂这么严重的教学事故。

贾代儒但凡能拿出教训孙子的魄力来管理学堂,也不至于出现"三日打鱼,两日晒网"的薛蟠,不至于出现带坏学风的"香怜""玉爱"之流。秦业一听说教书先生是贾代儒,就知道"贾家上上下下都是一双富贵眼睛,贽见礼必须丰厚,容易拿不出来"。贾代儒对薛蟠尚且如此,想来对于闹学堂的宝玉和秦钟更不敢严惩,在这些世家子弟面前,他可以说是既没有师威,也没有师德。

如果贾雨村的志向是做教师

如果贾雨村的志向是做教师,他应该会成为一个好老师。

贾雨村曾经也是个有理想有抱负的励志好青年。

他出身诗书仕宦之族,因祖宗根基已尽,落魄流落到苏州阊门外十里街仁清巷葫芦庙里,以卖字作文为生,且与甄士隐做了邻居。

甄士隐乃当地望族,禀性恬淡,不以功名为念,膝下一女英莲,年方三岁。倘若此时的贾雨村安心在当地做个教书先生的话,也许就成了甄英莲的老师了。

然而,"玉在椟中求善价,钗于奁内待时飞"的贾雨村的志向哪是个教书匠可比拟的,他要的是"天上一轮才捧出,人间万姓仰头看"。甄士隐看出贾雨村志存高远,便资助他进京赶考,贾雨村带着他的梦想奔向了官场,而甄家则在一场火灾后就家散人亡,甄英莲几经辗转,多年后做了贾雨村的学生林黛玉的学生。

贾雨村曾经也是个有才华有学识的读书人。

所谓"诗言志",看贾雨村的诗就知道他并不是一个徒有虚名的穷酸书生。他的诗直抒胸臆,意味深远,他立志考取功名,也是确有真才实学,他第一次参加科举考试就中了进士,还做了知府,才华、能力、运气三重加持,在那个学而优则仕的年代确实是别人家的孩子,青年人学习的榜样。

相比贾代儒,贾雨村的才学可甩他几条大街,如果贾雨村做贾家义学的教书先生,应该会比贾代儒更出成绩。

贾雨村曾经也是个棱角分明的小愤青。

第二回说初入职场的贾雨村"虽才干优长,未免有些贪酷之弊;且又恃才侮上,那些官员皆侧目而视。不上一年,便被上司寻了个空隙,作成一本,参他'生情狡猾,擅纂礼仪,且沽清正之名,而暗结虎狼之属,致使地方多事,民命不堪'等语"。贪酷可能是贾雨村从娘胎里带来的毛病,不过此时贾雨村的才干才是最重要的。有才干的年轻人往往会有点小脾气,初入职场的贾雨村还不知道江湖的水有多深,动了谁的奶酪也不自知,最后被上司参了一本,把官搞丢了。好在此时的贾雨村够年轻、够轻狂,没了官职也要保持知识分子淡泊名利的样子:"那雨村心中虽十分惭恨,却面上全无一点怨色,仍是嘻笑自若,交代过公事,将历年做官积的些资本并家小人属送至原籍,安排妥协,却是自己担风袖月,游览天下胜迹。"这也算是社会大课堂给贾雨村小愤青上的第一次实践课吧。

贾雨村曾经也是个教学有方的好老师。

丢官之后的贾雨村,游览天下名迹,在扬州做了林黛玉的家庭教师。教的学生只有黛玉和两个伴读丫鬟,教书任务不重,但是教学成绩非常突出。虽然黛玉自有家学渊源和天赋养成,可即使是天才,仍需良师的教育和辅导,黛玉后来展现出来的诗词才华与幼年时的学习是分不开的。贾雨村教黛玉时,黛玉只有五岁,还因怯弱多病经常缺课,如果不是贾雨村教学方法得当,黛玉不可能在那么短的时间内掌握诗词的技巧和学习方法,特别是多年后黛玉在指导香菱写诗时提到的读诗、品诗、写诗的学习方法,堪称教科书式的指导,那一定是当年贾雨村老师这么教她的。

所以说,贾雨村作为教师,是个有方法、有能力的好老师,而且黛玉这么一个极其聪慧的学生,也让贾雨村成为一个非常幸福且有成就感的老师。可惜,贾雨村并不想只是做一个幸福的老师,他的人生理想始终是做官。

再次踏入仕途的贾雨村已经不再是曾经那个少年了,贪酷之弊改不了,恃才侮上肯定不会了,为保官位,终把自己熬成了官场上油腻的中年大叔。也许在他的心中,再幸福的教师也抵不住官帽的那道光。

《红楼梦》里最好的老师——林黛玉

香菱一生中最幸福的时光是大观园里学诗,她给自己找了个好老师——黛玉。

香菱本是诗书家族的大小姐,如果幼年没有被拐,有甄士隐那样的老爸教导,她一定会是个诗书香气里的女子。好在天地至公,让她拥有了全书最好的老师。

在第四十八回中,香菱最初是要向宝钗学诗的,她和宝钗住在一起,宝钗又博学多才,诗作也很出色,可是,宝钗并不赞成她学诗。当香菱要宝钗教她作诗时,宝钗嘲笑说:"我说你'得陇望蜀'呢。"宝钗拒绝做香菱的老师。而黛玉则不同,一听说香菱要学诗,立即表示支持,并自荐做她的老师:"既要作诗,你就拜我作师。我虽不通,大略也还教得起你。"

向来孤高自许的黛玉在香菱这个学生面前过于自谦了,她确实是一个好老师。

第二篇 《红楼梦》里观世事

激发学生内心自信

初学诗的香菱对诗好奇又崇敬,也有一种怕学不会的担忧。黛玉三言两语把作诗说得很简单:"什么难事,也值得去学!不过是起承转合,当中承转是两副对子,平声对仄声,虚的对实的,实的对虚的,若是果有了奇句,连平仄虚实不对都使得的。"

黛玉虽言简意赅,作诗要求却说得一点不漏。学过诗的人都知道,真正要做到黛玉所说的平仄要求和起承转合还是要花一番工夫的。黛玉特意用了句"什么难事"来开头,就是为了给香菱树立信心,而且为了进一步打消香菱的畏难情绪,夸赞香菱:"你又是一个极聪敏伶俐的人,不用一年的工夫,不愁不是诗翁了!"黛玉一向孤高自许、目下无尘,可夸赞学生毫不吝啬,真真是一位好老师。也是师生这第一步走得好,香菱学诗热情很高,对黛玉也是非常亲近,完全是"亲其师,信其道"。

引导学生从阅读开始

为了给香菱树立信心,黛玉把作诗说得很简单,但是真正教学时,黛玉可是一点儿也不马虎的。

香菱那么迫切要学作诗,黛玉并没有让她马上动笔去写诗,而是让香菱耐心地从阅读开始。

"你若真心要学,我这里有《王摩诘全集》,你且把他的五言律读一百首,细心揣摩透熟了,然后再读一二百首老杜的七言律,次再李青莲的七言绝句读一二百首。肚子里先有了这三个人作了底子,然后再把陶渊明、应玚、谢、阮、庾、鲍等人的一看。"

这一段话堪称学诗的教科书指南。黛玉指导香菱细心揣摩透熟王维五言律诗一百首,再读杜甫的七言律诗一二百首,李白的七言绝句读一二百首,这还只能算是肚子里打了个底子。如果真要写诗,还得把陶渊明等两晋时期的作品看一看。黛玉是诗人,作诗对她来说好像挥笔就是一首诗,殊不知她挥笔成诗的背后是如此一番功夫。

这就好比今天导师指导研究生写论文一样,在动笔写之前,一定要大量阅读一些经典名作和论文资料。写论文如此,作诗亦是如此,其实做任何学问都是如此。光有一腔热情是不够的,必须还要有一颗能坐得住冷板凳的恒心。

启发学生独立思考

说黛玉是最好的老师,最主要的还在于黛玉的课堂。黛玉的课堂是真正的以学生为本的启发式课堂,她一步步地设置问题,启发学生思考并发言。

第二篇 《红楼梦》里观世事

黛玉先讲了作诗的基本平仄要求,话锋一转:"若是果有了奇句,连平仄虚实不对都使得的。"香菱跟着老师的话就想到"原来这些格调规矩竟是末事,只要词句新奇为上",对于香菱的思考,黛玉并没有完全否定,而是进一步提示:"词句究竟还是末事,第一立意要紧。若意趣真了,连词句不用修饰,自是好的,这叫作'不以词害意'。"这既是对香菱独立思考的肯定,也是进一步指导香菱写作的方法。

黛玉给香菱布置了读诗的作业,并且把要重点读的诗用红圈画出来。香菱来回课,黛玉也并非一言堂地讲课,而是让香菱先谈自己的学习感受。师生教学中,鉴赏王维的"大漠孤烟直,长河落日圆"时,连宝玉探春都静静地倾听。黛玉老师一面引导香菱发言,又进一步启发香菱体会陶渊明的"暧暧远人村,依依墟里烟",并指点香菱进一步思考陶渊明的这两句诗与王维的那两句诗的意味不同。黛玉的自身博学和精当教学无不令人叹服。

香菱确实是有慧根的,在黛玉老师的指点下,很快做出诗一首了:"月挂中天夜色寒,清光皎皎影团团。诗人助兴常思玩,野客添愁不忍观。翡翠楼边悬玉镜,珍珠帘外挂冰盘。良宵何用烧银烛,晴彩辉煌映画栏。"这是一首写月亮的诗,黛玉老师看后,用批注的方式非常精准地指出诗作的优缺点:"意思却有,只是措辞不雅。"接着指出问题的原因:"皆因你看的诗少,被他缚住了。"最后进一步指导香菱下一步怎么做:"把这首丢开,再作一首,只管放开胆子去作。"

香菱拿了改好的诗来,黛玉老师仍不满意,在给予了鼓励的同时让她再改。到底是指导香菱做出一首可拿到优秀毕业水准的诗作出来:

> 精华欲掩料应难,影自娟娟魄自寒。
> 一片砧敲千里白,半轮鸡唱五更残。
> 绿蓑江上秋闻笛,红袖楼头夜倚栏。
> 博得嫦娥应借问,缘何不使永团圆!

香菱三岁时,贾雨村曾在甄士隐面前作有诗句:"时逢三五便团圆",而今他的学生的学生香菱写出"缘何不使永团圆",堪称师门之中超越时空的对话吧。

贾代儒在义学教书却做不好教师;贾雨村本可以做个好老师却志不在教书;只有黛玉才是那个自愿做老师,又真正做得了好老师的人。

生活很苦，自己加糖（一）

生活就是用一分的甜去冲淡九分的苦，这句话道尽了很多普通人生活的无奈。更无奈的是，即便这一分的甜，也不是那么容易得到的。

贾芸是贾府大家族的子弟，第二十四回贾琏向宝玉介绍说他是"后廊上住的五嫂子的儿子"，在秦可卿的葬礼、贾家的元宵宴上贾芸都是有位置的，可是与贾家大家族高质量的生活所不同的是，贾芸年幼丧父，留给他和母亲的一亩地两间房子，也被舅舅早年打理没了，已然十八岁的贾芸一没收入来源，二没家世资本，三没婚配对象，母子二人的日常生活自然过得紧巴巴的。

生活很苦，需要加糖。

在"上上下下都是一双富贵眼睛"的贾家周围，给生活加糖，都是暗中标好了价格的。比如那个金荣为了得到薛蟠的资助，自己做了薛蟠的相好不说，还需要他姑姑璜大奶奶在贾府的各位奶奶们面前奉承巴结；再比如贾芹、赵国栋兄弟俩等人都是通过他们的母亲才在王熙凤处讨到工作的，按王熙凤的性格，即便没收什么经济好处，也会收到这些人各种行乖讨好。

是顺从命运走向平庸，还是用艰难和努力去换一次崛起，一切都在自己的选择。贾琏和王熙凤见到贾芸时都问候他的母亲安（说明贾芸母亲在贾府还是有点地位的），如果贾芸让他的母亲去讨好王熙凤，生活也许早就甜蜜了。

然而贾芸的人生格言是：如果生活的苦必须要吃，那就让我自己来吃；如果生活里需要加糖，那这糖也由我自己来加。

贾芸首先找的是贾琏。他以为贾府里的工作分配权在贾琏手上，殊不知王熙凤的权力更大，他求了贾琏三次，有没有送礼不知道，但是好话肯定没少说。可是当贾琏要安排事务给他时，生生还是被王熙凤截胡给了贾芹。贾芸连在贾琏面叫屈的资格都没有，把委屈和泪水都咽下去，并马上意识到，找叔叔没用，还是得找婶婶才行。

找对人才能办成事，而找王熙凤那可不能空手啊，贾芸舅舅卜世仁家是开香料铺的，他便想从舅舅家里赊欠些冰片麝香送给王熙凤。可是这舅舅卜世仁真不是人，他压根就看不上贾芸，还说了一大堆教训贾芸的话，舅母更绝，不但没有钱，连饭也没有。贾芸只好赌气离开舅舅家。

求职没找对人，差事被截胡，到至亲家借钱又遭嘲弄，贾芸这心里可是够苦的。世上最不可直视的就是人心和太阳。人心不可直视，患难方可见真情；太阳不可直视，万物皆有裂痕。

第二篇 《红楼梦》里观世事

万物皆有裂痕,那正是光照进来的地方。你永远无法预料到幸福什么时候来敲门。正在贾芸为生活四处碰壁时,与他没有多少交情的邻居倪二帮助了他,借给他十五两银子,连欠条都不用打,贾芸这才到大香铺里买了冰片和麝香去贿赂王熙凤。

见了王熙凤,贾芸是先说了一箩筐的奉承话,把凤姐姐哄得十分开心然后拿出要送的冰片和麝香,还得现编一套大瞎话:

"只因我有个朋友,家里有几个钱,现开香铺。只因他身上捐着个个通判,前儿选了云南不知那一处,连家眷一齐去,把这香铺也不在这里开了。便把账物攒了一攒,该给人的给人,该贱发的贱发了,像这细贵的货,都分着送与亲朋。他就一共送了我些冰片、麝香。我就和我母亲商量,若要转卖,不但卖不出原价来,而且谁家拿这些银子买这个作什么,便是很有钱的大家子,也不过使个几分几钱就挺折腰了,若说送人,也没个人配使这些,倒叫他一文不值半文转卖了。因此我就想起婶子来。往年间我还见婶子大包的银子买这些东西呢,别说今年贵妃宫中,就是这个端阳节下,不用说这些香料自然是比往常加上十倍去的。因此想来想去,只孝顺婶子一个人才合适,方不算糟蹋这东西。"

明明是自己借钱高价买来的冰片、麝香,却说成是朋友店铺歇业送给他的,再说他转卖也卖不出什么好价钱,送人还怕别人不识货,搞得凤姐姐收礼不叫收礼,那是在帮自己解决难题。这一番话说得很漂亮,礼物送得也很漂亮,办事找对人是第一步,给对的人送对礼才是第二步。如送的礼不走心,人家心里还看不上那不麻烦吗?贾芸多会送啊,正是凤姐姐办端阳节礼要采买香料药饵的时节,冰麝香料涨价之时,这礼物送得太是时候了,凤姐姐心里是得意又欢喜,贾芸的求职也就成功了一半。

求职求职,既然选择了求职,就不要回避那个"求"字。贾芸出去也会被人喊一声"芸二爷",可是为了求职,他不仅再三求贾琏,而且不惜向比自己小四五岁的宝玉叫爹。贾芸是贾大家族草字辈的人,宝玉是玉字辈的人,宝玉年龄虽小辈分却高,在讲究家谱辈分的年代,贾芸在宝玉面前伏低做小,虽说有点讨好之嫌,但也没有大错。而且到贾家混口饭吃,本身就是要求人嘛,如果贾芸放不下身段和面子,不好意思去求,那就没有后面的贾芸了。

有时候人活着啊,就是不能有那么多的不好意思,这不好意思那不好意思,怎么就那么好意思受穷呢?当你逐渐变得强大,过去的诸多不好意思,就不再是你的不好意思,而是生活对你的意思意思,别人还会说你活得真有意思!

生活很苦,自己加糖(二)

贾芸在凤姐姐处的求职成功,给他们母子清苦的日常生活狠狠地加了一把糖。

要说这贾芸真是个孝子,在他求职无门、借钱无路的时候,受了委屈和怨气,回到家中还不敢和母亲提,连在舅舅家受的窝囊气也不愿让母亲知道,可当他几经努力在凤姐姐处求职成功后,就迫不及待地回家告诉母亲。而心里写满忧伤,口里吞下所有的苦楚,脸上却不见风霜,贾芸确实是个爷们儿。

在这个光怪陆离的人间,没有谁可以将日子过得一帆风顺。生活如果不想太苦,就要学会自己加糖。

小红是荣国府管家林之孝的女儿,明明自己颜值和智商都在线,却被安排在怡红院里做打扫的粗活儿,想找机会接近宝玉,"只是宝玉身边一干人,都是伶牙俐爪的,那里插的下手去"。

第二十四回,恰好这一天,"袭人因被薛宝钗烦了去打结子;秋纹、碧痕两个去催水;檀云又因他母亲的生日接了出去;麝月又现在家中养病;虽还有几个作粗活听唤的丫头,估着叫不着他们,都出去寻伙觅伴的玩去了"。这简直就是上天给小红创造的接近宝玉的最佳时机,宝玉叫人倒茶没有人答应,小红适时出现。可还没来得及在宝玉面前混个脸熟,甚至连自己姓甚名谁都没说清楚,就被赶回来的秋纹、碧痕两个好一顿嘲骂:"没脸的下流东西!正经叫你催水去,你说有事,倒叫我们去,你可等着做这个巧宗儿。一里一里的,这不上来了。难道我们倒跟不上你了?你也拿镜子照照,配递茶递水不配!"二人你一句我一句,把个小红要接近宝玉的心浇灭了一半。

生活中总有些鸡毛蒜皮的事,让人烦恼无比;工作中总有些事与愿违的瞬间,让人委屈不已。可是就在这不尽如人意的生活中,你永远无法预知,好运与坏运哪个先来。

贾芸如约来找宝玉,却不能擅入大观园。大观园是宝玉和众姑娘们居住的地方,平时外男不能进入,就连宝玉的跟班儿焙茗都只能走到园门外等候。所以贾芸找宝玉就只能"到贾母那边仪门外绮霰斋书房里来"。焙茗要传话给宝玉,也只能在园门外等有小丫头路过才行,等了半日,小红适时出现了。

焙茗看到小红如看到救星般,连忙到门前叫住她:"等了这一日,也没个人儿过来。这就是宝二爷房里的。好姑娘,你进去带个信儿,就说廊上的二爷来了。"这小红很聪明,一听焙茗说廊上的二爷,就知道是本家的爷们,还"下死眼把贾芸钉了两眼",就是这么多看了两眼,今生的姻缘已然注定。

第二篇 《红楼梦》里观世事

小红是贾府丫头,贾芸是贾家大家族的爷们,小红在怡红院里当差,贾芸是外男,根本不可能进大观园。就这么匆匆一见,就算贾芸不能忘却小红的容颜,从此也只能孤单思念。可是啊,缘分就是这么奇妙的东西,它要来的时候,月老能把织毛裤的红绳拆下来给有情人牵姻缘。

贾芸从凤婶婶那里得到的一份差事就是到大观园里去种树,这就让贾芸有了进大观园的机会,这算是月老给贾芸和小红牵的第一条红绳。月老大人也许是闲大发了,嫌这红绳不够结实,非得把这红绳结成钢绳。先是通过宝玉的一场大病,让"贾芸带着家下小厮坐更看守,昼夜在这里,那红玉同众丫鬟也在这里守着宝玉,彼此相见多日,都渐渐混熟了"。混熟了不说,又让小红丢手绢丢到了贾芸手里,想那大观园里那么多丫头婆子,那么多地方,这小红丢的手绢偏偏就被来园里种树的贾芸给捡到,要说不是月老故意安排,嫦娥都不信。

第二十六回,贾芸故意在小红面前露出手绢,扰乱小红心思。蜂腰桥门前,"那贾芸一面走,一面拿眼把红玉一溜;那红玉只装着和坠儿说话,也把眼去一溜贾芸:四目恰相对时,红玉不觉脸红了"。此时的四目再相对,已经和以往不同,贾芸就是在试问小红到底敢不敢,像他这样为爱痴狂?

一个正想脱单,另一个刚好出现。他成了她的故事,她成了他的美好。小红丢了手绢,贾芸刚好捡了个手绢;小红要找回手绢,贾芸顺势还回去一个手绢。于千万人之中遇见所要遇见的人,于千万年之中,时间的无涯的荒野里,没有早一步,也没有晚一步,刚巧赶上了而已。

生活很苦,自己加糖;余生很贵,请别浪费。不惧努力太晚,不怕成功太迟,成功是所有的伤都结成疤,然后才开出的花。

小厨房的多事儿

世上本无事,做得多了,事儿就出来了。

大观园里本来是没有小厨房的,因为凤姐多事,设置了小厨房。

宝玉和众姐妹住进大观园后,每到饭点还是要从园子里出来与贾母、王夫人等一起吃饭。天气好也罢,若遇到刮风下雪天气,姐妹们和宝玉来回吃饭就不太方便了。因此,为了方便宝玉和众姐妹们在园子里就餐,凤姐就提议在大观园里设置小厨房。

第五十一回,凤姐儿贾母王夫人商议说:"天又短又冷,不如以后大嫂子带着姑娘们在园子里吃饭一样。等天长暖和了,再来回的跑也不妨。"王夫人笑道:"这也是好主意。刮风下雪倒便宜。吃些东西受了冷气也不好;空心走来,一肚子冷风,压上些东西也不好。不如后园门里头的五间大房子,横竖有女人们上夜的,挑两个厨子女人在那里,单给他姊妹们弄饭。新鲜菜蔬是有分例的,在总管房里支去,或要钱,或要东西;那些野鸡、獐、狍各样野味,分些给他们就是了。"

第二篇 《红楼梦》里观世事

可见凤姐的提议,很快得到了王夫人的认可,只不过她们当时都想得很简单,认为设立小厨房只是挑两个厨子做饭就行了,蔬菜和肉类都是有分例的,都从大厨房拨取。所以,当贾母认为"就怕又添一个厨房多事些"时,凤姐一口否定:"并不多事。一样的分例,这时添了,那里减了。就便多费些事,小姑娘们冷风朔气的,别人还可,第一林妹妹如何禁得住?就连宝兄弟也禁不住,何况众位姑娘。"这都把贾母最心尖的黛玉和宝玉的身体原因提出来了,贾母也就同意了。殊不知,小厨房今后的事儿真就是这么一步一步多出来的。

小厨房好设,众口却是难调。

之前在大厨房吃饭,上有贾母、王夫人,下有凤姐、李纨,像点餐、加餐之类的特权,只有宝玉这种全家团宠才会有。其他人等,别说丫鬟们,就是宝钗、黛玉这样的主子小姐也不会单独去挑这个事,可是有了小厨房就不一样了。

首先,宝玉挑食点餐是经常性的,比如第六十回芳官跑来交代:"柳嫂子,宝二爷说了:晚饭的素菜要一样凉凉的酸酸的东西,只别搁上香油弄腻了。"宝玉的要求当然得百分百满足,更别说还是让芳官过来传话的,管厨房的柳嫂子忙回话:"今儿怎遣你来了告诉这么一句要紧话。"看来,宝玉或怡红院里是经常遣人来传话的,只是以往不是叫芳官来,可能是随便一个小丫头而已。

有的事一旦有人开了头,后面就有人挤破头。

最先跟着学的就是晴雯。晴雯是典型的小姐的身子丫鬟的命，小姐身份的矜持庄重没学会，小姐生活习性的矫情倒是学了不少。有一次，晴雯让人来传话想吃芦蒿，小厨房还得问清楚是"肉炒鸡炒"。养尊处优的晴雯特意要求炒个面筋的，还得少搁油。小厨房的柳嫂子因想让女儿入职怡红院，故对宝玉身边的人格外巴结，不仅巴巴地做好，还要做好亲手捧着送过去。

晴雯能在小厨房点餐靠的是权力，可并不是所有人都能有这种权力。

司棋作为迎春的丫头，也要时不时地摆谱，只是小厨房的柳嫂子并没有把司棋当回事儿。司棋曾向小厨房点个豆腐，小厨房弄了些馊的，六十一回司棋让小丫头莲花儿来要个蒸鸡蛋，又被小厨房拒绝。这下彻底惹恼了司棋，司棋带领一帮人大闹小厨房。柳嫂子心里苦啊，原本以为是个青铜，没想到来了个王者，惹不起惹不起，只好乖乖地做好蒸鸡蛋送去。

司棋能在小厨房点餐靠的是暴力，可并不是所有人都能有这种暴力。

宝钗和探春一日要吃油盐炒枸杞芽儿，竟然拿了五百钱出来，按柳嫂子说的，这也就"三二十个钱的事"，可是俩姑娘一出手就是五百钱，还说了一堆特别好听的话："如今厨房在里头，保不住屋里的人不去叨登，一盐一酱，那不是钱买的？你不给又不好，给了你又没的赔。你拿着这个钱，全当还了他们素日叨登的东西窝儿。"

这一番操作把柳嫂子被感动得无可无不可,油盐炒枸杞芽儿当然得尽心做好。

宝钗和探春能在小厨房点餐靠的是财力,可并不是所有人都能有这种财力。

这小厨房设在大观园里,本和赵姨娘没有任何关系,但是因为探春出手赏柳嫂子五百钱,对于月例才二两银子的赵姨娘来说,真是嫉妒得发狂,所以才会"隔不了十天,也打发个小丫头子来寻这样寻那样",赵姨娘是闻风而动,人家好歹是探春的亲妈,柳嫂子也只能忍着。

赵姨娘能在小厨房里揩油靠的是脸皮,可并不是所有人都能靠脸。

所以,能在小厨房点餐开小灶的人主要是靠权、靠力、靠钱、靠脸。

黛玉不差钱,但太要自尊,所以吃个燕窝还怕婆子们说三道四;懦小姐迎春没权、没钱也没力,连自己的奶妈都治不住,更没有能力伸手到小厨房去;李纨既要脸也要钱,端着槁木死灰的人设,宁可不点餐,也不会拿钱去贿赂小厨房;至于后面再住进来的邢岫烟、李纹、李绮等人更是只能在大锅饭里混吃的了。

只是原本大家都是一样的,都是在大厨房吃大锅饭的。因为要照顾一部分特殊人群,设了小厨房。即使有了小厨房,这部分特殊群体也应是在小厨房里吃大锅饭的。

这一特殊群体中又有个别人因特权点餐开了小灶,就会有后来者靠着特权开小灶、使用暴力开小灶、拿钱贿赂开小灶,以及靠着脸皮耍浑来敲诈。

　　所有的事儿最初破坏都是从规则开始。

不和愚人论短长

能和同好争高下，不与愚人论短长。这是人生的一大智慧。"少说些有一万个心眼子"的凤姐当然不会缺乏这一智慧。

第四十六回，贾赦看中了鸳鸯，让邢夫人做说客，邢夫人也知道凤姐的点子多，就来找凤姐讨方法。凤姐了解鸳鸯，也了解老太太，对贾赦的这种行为更是反感，因此，诚心实意地劝诫邢夫人："依我说，竟别碰这个钉子去。"

随后，凤姐向邢夫人说明理由。首先，从贾母和鸳鸯的关系来看，老太太离不了鸳鸯。"老太太离了鸳鸯，饭也吃不下去的，那里就舍得了？"其次，从贾母和贾赦的关系来说，贾母对贾赦的日常做派很是不满。"老太太常说，老爷如今上了年纪，作什么左一个小老婆右一个小老婆放在屋里，没的耽误了人家。放着身子不保养，官儿也不好生作去，成日家和小老婆喝酒。太太听这话，很喜欢老爷呢？"再次，从邢夫人和贾赦的关系来说，邢夫人应当劝止贾赦的这种荒唐行为。"老爷如今上了年纪，行事不妥，太太该劝才是。比不得年轻，作这些事无碍。如今兄弟、侄儿、儿子、孙子一大群，还这么闹起来,怎样见人呢?"

凤姐三个方面讲得是真情实意,有理有据,细致而缜密。奈何夏虫不可语冰,邢夫人不仅不能体会,反而责怪凤姐。从贾赦方面来说,邢夫人认为:"大家子三房四妾的也多,偏咱们就使不得?我劝了也未必依。"从老太太方面来说,邢夫人认为:"就是老太太心爱的丫头,这么胡子苍白了又作了官的一个大儿子,要了作房里人,也未必好驳回的。"最后,邢夫人认为:"我叫了你来,不过商议商议,你先派上了一篇不是。也有叫你要去的理?自然是我说去。你倒说我不劝,你还不知道那性子的,劝不成,先和我恼了。"

凤姐被老婆婆这么一番教训,立刻明白争辩是没有用的,方寸之间凤姐不仅摆正了自己儿媳妇的位置,而且想出了一番脱身之策。

我错了,您对的!

"凤姐儿知道邢夫人禀性愚戆,只知承顺贾赦以自保,次则婪聚财货为自得,家下一应大小事务,俱由贾赦摆布。"凤姐知道劝解没用,马上从刚才滴水不漏的分析判断中转了出来,连忙陪笑说道:"太太这话说的极是。我能活了多大,知道什么轻重?"再帮邢夫人立论,还不忘贬低自己是个呆子:"想来父母跟前,别说一个丫头,就是那么大的活宝贝,不给老爷给谁?背地里的话那里信得?

我竟是个呆子。"最后,拿贾琏举例,帮邢夫人找论据:"琏二爷或有日得了不是,老爷太太恨的那样,恨不得立刻拿来一下子打死;及至见了面,也罢了,依旧拿着老爷太太心爱的东西赏他。如今老太太待老爷,自然也是那样了。"

同样的有理有据,愚人最愚的就是他们只相信他们愿意相信的话。凤姐的前一番话是真心实意,却不被邢夫人接受,这后一番话充满了虚情虚理,邢夫人却十分受用,百分欢喜。

煽阴风　拱明火

光承认错误还不行,邢夫人要的是与自己并肩作战的人。凤姐要做的就是你上马,我呐喊;你犹疑,我打气;你前行,我助威。

先是让邢夫人立马行动:"依我说,老太太今儿喜欢,要讨今儿就讨去。"事不宜迟,时间长了,无论老太太拒绝还是鸳鸯拒绝,邢夫人都会怀疑到自己身上。

然后,凤姐帮邢夫人出主意:"我先过去哄着老太太发笑,等太太过去了,我搭讪着走开,把屋子里的人我也带开,太太好和老太太说的。给了更好,不给也没妨碍,众人也不知道。"给足了邢夫人面子,自己不用出面,还得让邢夫人觉得自己在帮她做事。

邢夫人提出先不找贾母,先找鸳鸯试探她本人意见。凤姐再次吹捧邢夫人:"到底是太太有智谋,这是千妥万妥的。别说是鸳莺,凭他是谁,那一个不想巴高望上,不想出头的?这半个主子不做,倒愿意做个丫头,将来配个小子就完了。"

这一番操作下来,邢夫人被吹捧得千分壮胆,万分信心。

精盘算　保全身

凤姐深知邢夫人这次是去蹚雷的,邢夫人生性多疑,事不成就会怀疑到自己头上,转眼就想好保全自身的办法。

第一步,撇清邢夫人对自己的嫌疑。先是陪邢夫人一起去,陪在邢夫人身边,纵然走漏风声,也不能怀疑自己。"我才进大门时,见小子们抬车,说太太的车拔了缝,拿去收拾去了。不如这会子坐了我的车一齐过去倒好。"不论凤姐说的是否属实,邢夫人都随凤姐一起坐车离开邢夫人处。

第二步,撇清贾母对自己的嫌疑。陪邢夫人蹚雷,惹怒了贾母,自己也会遭殃,最好的办法就是自己不在现场。因此到了贾母处,凤姐转而说道:"太太过老太太那里去,我若跟了去,老太太若问起我过去作什么的,倒不好。不如太太先去,我脱了衣裳再来。"以换衣裳为由,让自己从这一是非中退出来,也不让贾母怀疑自己。

第三步,撇清邢夫人对自己身边人的嫌疑。事不成的话,邢夫人纵然不会怀疑自己,也保不齐会怀疑自己的心腹平儿,所以凤姐

第二篇 《红楼梦》里观世事

要给平儿找点事,把平儿支开:"太太必来这屋里商议。依了还可,若不依,白讨个臊,当着你们,岂不脸上不好看。你说给他们炸鹌鹑,再有什么配几样,预备吃饭。你且别处逛逛去,估量着去了再来。"如此把平儿也排除在是非之外。

凤姐一步步精打细算,事到最后自己是一分不沾,零分污点。

然而,邢夫人不仅是愚人,还是凤姐的老婆婆。凤姐能做到不和邢夫人论短长,却不得不和邢夫人日常虚与委蛇。聪明的凤姐能在愚人是非中明哲保身,却不能在大家族成员的精神内耗中全身而退。

撞南墙撞得头破血流的邢夫人,事后会想明白凤姐如何置身事外,却不会记得凤姐曾第一时间就劝诫过她不要去碰这南墙。

戴权卖权与凤姐弄权

家是最小国,国是千万家。看一家儿女情长,品一世盛衰兴亡,最典型的例子莫过于戴权卖权与凤姐弄权。

第十三回戴权在秦可卿丧礼上出现,属于不请自来。虽说贾府地位显赫,可是贾蓉只是个"黉门监"。黉是古代学校名,黉门监就是明清时在最高学府国子监读书的学生,贾蓉的老婆死了还犯不着惊动大明宫掌宫内相戴权,可戴权就是出其不意地来了,而且来得很有派头。先是"备了祭礼遣人来",随后是"坐了大轿,打伞鸣锣,亲来上祭。"这阵仗哪是来安抚丧事家属啊,明明就是敲锣打鼓庆祝生意开张啊。

戴权做生意一定是一把好手。他事先搜罗了客户的信息资源,锁定了宁国府这个潜在的客户,然后不等客户来找他,就主动上门找客户。贾珍要为儿子贾蓉捐个官,戴权马上会意,还善解人意地替贾珍解释:"想是为丧礼上风光些。"明明一场买官卖官的活动,硬是被说成了丧事办理的一种仪式,秦可卿人在棺中躺,也得背这场买官卖官的锅。

戴权道:"事倒凑巧,正有个美缺。如今三百员龙禁尉短了两员,昨儿襄阳侯的兄弟老三来求我,现拿了一千五百两银子,送到我家里。你知道,咱们都是老相与,不拘怎么样,看着他爷爷的分上,胡乱应了。还剩了一个缺,谁知永兴节度使冯胖子来求,要与他孩子捐,我就没工夫应他。既是咱们的孩子要捐,快写个履历来。"

一个正好需要,一个正好有货,一切就是这么巧合。龙禁尉正有空缺,宁国府正需要一个风光一点的职位,且这职位并不是没人要,排队买的人大有人在,一般人还买不到。襄阳侯的兄弟老三,和戴权是多年的老交情,戴权看在他爷爷的份儿上卖给他一个。现在仅剩的一个名额,还有个永兴节度使冯胖子在排队呢。戴权一番话就是告诉贾珍:你要看中了我给你插个队,速速下单,手慢无!

戴权拿捏准了贾珍的心理需求,再用"咱们的孩子"之类的话来套近乎,随后明确告诉他襄阳侯家出的是一千五百两银子,而贾珍呢,"平准一千二百两银子,送到我家就完了"。看,这可是亲情价,比襄阳侯出的还少三百两,贾珍这钱掏得是心服口服,感激涕零。

戴权这生意做得那是顺嘴又顺手。短短几句话就把一个龙禁尉的职位卖了一千二百两银子,令人细思极恐的是,龙禁尉一共有三百名,这三百名中有多少是他卖掉了的呢?而他既然可以卖龙禁尉,就可以卖其他官职,既然戴权可以,那周权、夏权也就可以。如此下去,满朝文武,有多少顶戴花翎是银子买来的呢?

贾蓉得了龙禁尉,秦可卿的丧礼终于可以以活人满意的程度举行了。第十五回,秦可卿尸体停在铁槛寺,为秦可卿送灵的凤姐歇息于水月庵,如此又引出了一桩净虚老尼为凤姐招揽的"生意"。

事情源起是张财主家的女儿张金哥许配给了守备家的公子,但长安府府太爷的小舅子李衙内横插一脚,非要娶金哥。张家要与守备家退亲,守备家不许,于是两家打起了官司。张家想通过贾家的势力给长安节度云老爷打招呼,逼守备家退亲,就找到净虚老尼求凤姐,并承诺以重金酬谢。

凤姐理家是一把好手,聊生意却沉不住气。她原本不想揽这事,完全可以拒绝,奈何要强又爱出风头,非要说一句"这事倒不大",再说"我也不等银子使,也不做这样的事"。意思就是我只是不想做,不是没有能力做。偏这老尼常年出入贾府,对凤姐的性格和心理拿捏得极其到位:"虽如此说,张家已知我来求府里,如今不管这事,张家不知道没工夫管这事,不稀罕他的谢礼,倒像府里连这点子手段也没有的一般。"

是没有能力搞定,还是不想搞定,外界可不知道啊,这话直戳凤姐的要害了。凤姐一听就来了兴头:"你是素日知道我的,从来不信什么是阴司地狱报应的,凭是什么事,我说要行就行。你叫他拿三千银子来,我就替他出这口气。"

只几句话，净虚老尼顺风顺水地把生意做到了凤姐头上。一场民事纠纷，在凤姐的眼中只是一件小事，轻描淡写地收了三千两银子。从此凤姐胆识愈壮，她能搞定张家这件事，自然也能搞定李家、王家的事，凤姐能搞定，贾琏、贾珍、贾蓉等也都能搞定。而且这桩"生意"是由净虚老尼牵线的，凤姐收钱办事，老尼也不可能义务劳动。普天之下，究竟有多少"明镜高悬"的殿堂之路是用银子铺就的啊？

宁国府的一场葬礼，戴权卖官赚了一千二百两银子，凤姐弄权铁槛寺，赚了三千两银子。"箕裘颓堕皆从敬，家事消亡首罪宁。"国将不国，家又何在？戴权也好，凤姐也好，终归做的是赔本的生意。

第三篇
《红楼梦》里悲薄命

拿错了剧本的甄英莲

世上没有那么多如果,但人们又特别喜欢假设很多如果。如果当年元宵节甄英莲不外出,如果甄家没有霍启这个仆人,是不是甄英莲的一生就不会有祸起呢?

答案是不!

甄英莲从一开始就拿错了剧本。

第一回就说,甄英莲出生在"最是红尘中一二等富贵风流之地"的姑苏城内,家中虽不甚富贵,然在本地也是名门望族。她的老爸甄士隐"禀性恬淡,不以功名为念,每日只以观花修竹、酌酒吟诗为乐,倒是神仙一流人品"。她的老妈是甄士隐嫡妻封氏,"情性贤淑,深明礼义"。出生在富贵风流之地、诗礼簪缨之族,又拥有这样的爹妈,甄英莲投胎时应该是走了后门的吧,可偏偏不是。英莲是《红楼梦》全书中第一个被判定为"薄命女"的"薄命司"女孩儿。

人生最大的悲剧并不是你不够努力,而是无论你多么努力,你都无法改变结局。甄英莲的悲剧就在于无论如何她都无法改变自己的命运。

细读红楼:儿女情长里的家世兴亡

甄士隐是大荒山石头见到的第一个凡人。第一回甄士隐在梦中与去太虚幻境的一僧一道偶遇,僧道讲解的灵河岸风流故事和太虚幻境之说让他迷惑不解,向僧、道二人请教,却听僧、道二人说:"此乃玄机不可预泄者。到那时不要忘我二人,便可跳出火坑矣。"此时僧、道二人就断定了甄士隐将来一定会有火坑,而且一定需要他们二人才能救他出火坑。那甄士隐的火坑是什么呢?

在人间街头,甄士隐抱着女儿再遇一僧一道,他们向甄士隐说道:"施主,你把这有命无运、累及爹娘之物,抱在怀内作甚?"甄士隐听了,以为是疯话,也不理睬。那一僧一道随后念唱了一首决定甄英莲命运的诗:

"惯养娇生笑你痴,菱花空对雪澌澌。
好防佳节元宵后,便是烟消火灭时。"

这首诗是甄英莲一生的预言诗,和太虚幻境里的香菱(英莲到了薛家后改名为香菱)判词有着相同的含义。意思是说虽然甄英莲从小娇生惯养,但是终将错付一生到雪(薛)家,菱花本是夏开的花,把它放到下雪天,可不就是有命无运吗?英莲一生的转折点就在元宵佳节,也就是说,元宵节这一天,无论英莲外不外出,有没有霍启这个人,她的好日子都将烟消火灭。这对于一个只有三岁的小女孩来说,实在太残忍了。

第三篇 《红楼梦》里悲薄命

元宵佳节这个万家团圆的日子,却是英莲悲剧的开始,也是甄士隐全家悲剧的开始。元宵节这天甄家失去了独女,之后又遭隔壁葫芦庙火灾殃及,甄士隐在贫病交加中了悟人生,跟随一僧一道飘飘而去,封氏则在两度失去亲人的风俗人间苦熬岁月。一切都从英莲的走失开始,要不一僧一道怎么说英莲"累及爹娘"呢!

假作真时真亦假,英莲原本是甄家嫡出的小姐,名门闺秀,在元宵佳节这一天命运发生了重大转折,从此小姐变丫鬟花季的英莲刚逃出结束了拐子的魔爪,又落入了薛家的火坑,英莲这平生遭遇实实在在让人伤感。

与英莲悲惨的命运相反的却是甄家的丫鬟娇杏。当年贾雨村到甄家做客,甄士隐恰巧要接待严老爷,就留贾雨村独在书房中,恰巧娇杏在书房窗外撷花,故此才偶遇他。上天实在对娇杏偏爱,甄家遭逢变故后娇杏上街买针线,又在街头偶遇贾雨村的官轿,从此命运发生了重大转折。然而这还不是娇杏人生的高潮,娇杏嫁作贾雨村小妾后一年就生了一子,又半年后贾雨村嫡妻染疾去世,娇杏就这样顺理成章地做了他的正室夫人。

如果贾雨村当年去甄家做客,不是正巧来了个严老爷,甄士隐也不会把贾雨村独留客室;如果贾雨村独留客室,娇杏不正巧出来撷花,也不会遇到贾雨村;如果娇杏严守当时礼节,不是回头多看贾雨村两眼,也不会给他种下刻骨铭心的一段愁;如果贾雨村官轿过街时,不是娇杏正巧外出买线,也不会再遇贾雨村;如果没有贾雨村嫡妻染疾去世,娇杏也不会这么快逆袭作正室夫人。所有的如果,无非就是一个"巧"字,真是"偶因一着错,便为人上人"。

所以说,甄英莲是真应怜,娇杏是真侥幸!

王夫人与黛玉的初见

黛玉进贾府的重头戏无疑是宝黛初见,他们一见钟情的场面令很多人遐思神往。然而《红楼梦》惯用的手法就是对比,有个甄士隐(真事隐)就一定有个贾雨村(假语存),有个英莲(应怜)就一定有个娇杏(侥幸)。这一回,有个对黛玉一见钟情的宝玉,就有个对黛玉一眼生厌的王夫人。

黛玉之所以来贾府,第三回林如海对贾雨村说得明白:"因贱荆去世,都中家岳母念及小女无人依傍教育,前已遣了男女船只来接。"贾敏去世后,贾母担忧黛玉才要派人接黛玉入贾府。在见到黛玉后,最真情流露的也是贾母,她把对女儿贾敏的爱转移到了外孙女黛玉身上,一个慈爱的老母亲、老祖母形象跃然纸上。可是,贾母对贾敏有多爱,王夫人心里就有多不舒服。

贾敏在《红楼梦》一开始就去世,黛玉进贾府后,几乎无人再提及贾敏。但是第七十四回抄检大观园时王夫人的一段话,透露了贾敏这个看似无存在感的人一直深深地存在于王夫人的心里。

王夫人叹道:"也不用远比,只说如今你林妹妹的母亲,未出阁时,是何等的娇生惯养,是何等的金尊玉贵,那才像个千金小姐的体统。如今这几个姊妹,不过比人家的丫头略强些罢了。"

"何等的娇生惯养,何等的金尊玉贵",一句话点出贾敏当年在贾府的地位和所受的宠爱,让活了半辈子的王夫人念叨了半辈子,又显示了王夫人的内心是何等的不平衡,何等的羡慕嫉妒!

王夫人为什么会嫉妒小姑子贾敏呢?

先来看贾敏和王夫人之间的地位。虽然贾敏有两个哥哥,但是邢夫人是贾赦的续弦,邢夫人入府时贾敏应该已经出嫁了,真正和贾敏有过一段共处时光的嫂子就是王夫人,而且贾母一直跟随贾政生活,王夫人成为贾敏娇生惯养生活的亲眼见证人。在当时的大家族中还有个规矩值得一提,那就是未出阁的姑娘在家里是比过门的媳妇地位高的,这个我们从第三回黛玉进入贾府的第一顿饭就能看出。

进入后房门,已有多人在此伺候,见王夫人来了,方安设桌椅。贾珠之妻李氏捧饭,熙凤安箸,王夫人进羹。贾母正面榻上独坐,两边四张空椅,熙凤忙拉了黛玉在左边第一张椅上坐了,黛玉十分推让。贾母笑道:"你舅母你嫂子们不在这里吃饭。你是客,原应如此坐的。"黛玉方告了座,坐了。贾母命王夫人坐了。迎春姊妹三个告了座方上来。迎春便坐右手第一,探春左第二,惜春右第二。旁边丫鬟执着拂尘、漱盂、巾帕。李、凤二人立于案旁布让。

王夫人、李纨和王熙凤都是荣国府的媳妇,在饭桌上,迎春、探

第三篇 《红楼梦》里悲薄命

春、惜春和黛玉都可以坐下来吃饭,媳妇却是要在旁边伺候的。王夫人是贾母命她坐下的,这也应了那句"十年媳妇熬成婆"的道理。想象一下,同样的场面倒推多年至贾敏未出阁的时候,王夫人立在旁边伺候,依贾母对贾敏的娇纵,王夫人多少是看不下去的吧。

这个世界就是这么不公平,有的人比你生得好,还比你嫁得好。

贾王史薛四大家族是一荣俱荣、一毁俱毁的,所以四大家族内部相互联姻也是维护家族利益的政治需要,王夫人如此,王熙凤如此,将来的宝钗也会如此。婚后王夫人虽是贾政的正妻,夫妻关系却远没有赵姨娘和贾政那样的蜜里调油。但是贾母对贾敏是有多爱啊,能让贾敏跳出四大家族的联姻,找个林如海这样的人物,前科探花、巡盐御史、钟鼎之家、书香之族,这怎能不让王夫人羡慕嫉妒呢。

所谓情深不寿,慧极必伤。被命运之神亲吻过的贾敏却早逝了。她刚去世,贾母又把她女儿接进贾府来,虽然初入贾府的黛玉已经很谨小慎微了,但是,她的学识、她的长相、她的气质一定有很多贾敏的影子。贾母一见黛玉就"心肝儿肉"地叫着大哭起来,还说着"我这些儿女,所疼者独有你母亲",贾母说这话时,王夫人的内心多少有些不满吧。

可是,王夫人在贾母面前无可奈何,不代表她在其他人面前也要忍气吞声。王熙凤来了,王夫人的机会也就来了。

王熙凤一见黛玉,百般讨好贾母,又是哭姑妈去世了,又是可劲儿夸赞黛玉。大家又是一番折腾,王夫人真是忍了很久了,于是在大家尽情挥洒伤感眼泪和情愫的时候,很不合时宜地插问凤姐:"月钱放过了不曾?"

查账问事啥时候不能,这么个温情的场面,王夫人冷不丁地问这么一句,她不是真要查账,也不是要拿钱给黛玉做衣裳,就是要摆明自己态度。

熙凤道:"月钱已放完了。才刚带着人到后楼上找缎子,找了这半日,也并没有见昨日太太说的那样的,想是太太记错了?"王夫人道:"有没有,什么要紧。"因又说道:"该随手拿出两个来给你这妹妹去裁衣裳的,等晚上想着叫人再去拿罢,可别忘了。"

王夫人查账是借口,找缎子也没什么紧要的,给林妹妹做衣服,更是随口一说。刚刚贾母不是说最疼的儿女就是贾敏嘛,王夫人现在就说,让王熙凤随手拿两个缎子给你最爱的孙女裁衣裳去!就像我们可以想象贾母搂着黛玉哭诉时王夫人的内心一样,此时,贾母的内心也不是滋味。

王夫人就是不管你们怎么想,我就要当众表明我的态度,你们都爱她,而我,不喜欢她。不仅要当众表明,私下里更是要直截了当地说。

在私下见黛玉时,王夫人交代黛玉:"只是有一句话嘱咐你:你三个姊妹倒都极好,以后一处念书认字学针线,或是偶一顽笑,都

第三篇 《红楼梦》里悲薄命

有尽让的。但我不放心的最是一件：我有一个孽根祸胎，是家里的'混世魔王'，今日因庙里还愿去了，尚未回来，晚间你看见便知了。你只以后不用睬他，你这些姊妹都不敢沾惹他的。"

姊妹们是不是都不沾惹宝玉，黛玉很快就会发现事实，连贾环都知道所有人都喜欢和宝玉玩，王夫人这话说得，连鬼都骗不住。也许王夫人根本就没打算骗黛玉，她就是想让黛玉知道："我不喜欢你，你离我儿子远一点！"

可是，她前脚刚交代了黛玉，后脚黛玉就惹出了宝玉发疯摔玉的桥段。闹腾过后贾母还把宝玉和黛玉安排在自己房间里与宝玉同住，因此，后面还要惹出一系列吵架闹气的事。贾母的意图，儿子的心思，让王夫再怎么吃斋念佛也终是意难平的。

所以黛玉进贾府，不论她怎么"步步留心，时时在意"，也无法避免王夫人见她第一眼就非常不喜欢她。

林黛玉的小心翼翼让你误读了什么？

黛玉进贾府的"步步留心，时时在意"是因为自卑吗？黛玉进贾府是受到了冷落和轻视吗？因对黛玉柔弱形象的先入为主，很多初读者比较容易在此误读。

第三回黛玉进贾府，确实"步步留心，时时在意，不肯轻易多说一句话，多行一步路"，但是书中还说得明白，黛玉是"惟恐被人耻笑了他去"。作为贾敏的亲生女儿、林如海的掌上明珠、书香钟鼎之家、朝廷重臣之后，又是贾雨村的得意门生，黛玉从小接受着极好的家风熏陶和文化教养，她走出去代表的是林如海的脸面、林家的风范。黛玉绝不允许自己有一丁点儿的行差踏错，所以她的生怕被人耻笑，并不是自卑心理，而是太优秀的人的自我加压。就好比经常考第一的人大考前也会紧张，因为他考了第二就会觉得自己失手了，这种学霸心理学渣是很难理解的。

那么黛玉的小心翼翼还让读者误读了什么？

误读一：贾、林两家的地位

贾家是护官符四大家族之一，地位显赫，所谓一入侯门深似

第三篇 《红楼梦》里悲薄命

海,黛玉进贾府在有的人眼里竟有了要"嫁入豪门"的感觉。那么我们来对比一下贾家和林家的地位。

在第二回中,冷子兴演说荣国府时说得很清楚,贾家祖上有宁国公、荣国公,这都是公爵身份,只能说明贾家祖上确实很荣光,但"谁知这样钟鸣鼎食之家,翰墨诗书之族,如今的儿孙,竟一代不如一代了"!就荣国府来说,"皇上因恤先臣,即时令长子袭官外,问还有几子,立刻引见,遂额外赐了这政老爹一个主事之衔,令其入部习学,如今现已升了员外郎了"。就是说贾赦袭了祖上的官,贾政做着一个员外郎的官职。员外郎属于什么官职呢,清代设六部,六部下设司,司的主管是郎中,郎中的副职是员外郎。相对应我们今天的职位来说,贾政的官职类似于副厅级干部。

再看林如海家。"林如海之祖,曾袭过列侯,今到如海,业经五世。"从祖上来说,林家祖上比宁国公、荣国公次了一等,但是,林家可不是一代不如一代哦,林如海"乃是前科的探花,今已升至兰台寺大夫,本贯姑苏人氏,今钦点出为巡盐御史,到任方一月有余"。林如海和贾政不同,人家是科举探花出身,官位是自己挣的,今天我们很难确知兰台寺大夫是什么官,但是,巡盐御史可是个不得了的职位。在古代,盐业属于国家专卖产品,巡盐御史是皇帝派出的专门巡检盐道的御史,扬州的盐商个个富可敌国,林如海又是代表皇帝来巡察盐业,就这头衔,贾府怎么敢轻视林如海唯一的掌上明珠呢?要知道,黛玉进贾府时,人家老爸林如海还没死呢!

误读二：贾府接待黛玉的规格

说贾府接待黛玉的规格不高,首先说的是黛玉到了荣国府后,"却不进正门,只进了西边角门"。好像应该走正门才是待贵客之道。黛玉进贾府时只是个小女孩儿,也是贾家的外孙女来外祖母家长住的,让贾府开正门迎接,那才是不合时宜的了。

再者黛玉到贾府后,贾赦和贾政两个舅舅都没有出来见面,这是对黛玉的轻视吗? 不然。按照当时的男女礼节,即便是舅舅,也是外男,礼节上也是要回避的,黛玉去拜见舅舅是礼节,舅舅相应地回避见面,也是礼节。再说那贾政虽然没有见黛玉,却礼待了贾雨村,想想,贾政只是看了林如海的书信,就对林家的一个家庭教师这么优待,怎么会轻视黛玉呢?

误读三：黛玉的受教育情况

黛玉进入贾府时,贾母说:"请姑娘们来,今日远客才来,可以不必上学去了。"在古代男尊女卑的社会里,女子是很少有受教育的机会的,贾府的姑娘们每天都要上学,这确实是大家风范,显示了贾家与别家的不同。但是,我们从后文宝玉上学情况可知,宝玉从小一是受过姐姐元春的教导,二是请过私塾先生,后私塾先生回家了,就和秦钟一起入了贾家的义学。宝玉请的是哪个家庭老师书中没有说清楚,但是贾家公子哥们的义学先生则是很清楚的,即老儒贾代儒。贾家的公子哥请的也不过是贾代儒,那贾家姑娘们上学的老师应该说还不如贾代儒。

没有比较就没有伤害,再看看黛玉的教育,黛玉才五岁,林如海就给她请了贾雨村这样一举中第的进士做家庭老师,而且是一对一的私教,这可不是一条街的差距啊,所以贾母问黛玉读了什么书时,黛玉回答只刚念了《四书》,当黛玉再问姐妹们读的什么书时,贾母来回答:"读的什么书,不过是认得两个字,不是睁眼的瞎子罢了!"贾母说的可能是自谦,但是在得知黛玉的教育情况后,也是知道姑娘们所受教育是不能和黛玉相比的。

误读四:黛玉进贾府的年龄

黛玉的小心谨慎超出了常人,再加上一些影视作品的影响,大家认为黛玉进贾府时就是一个落落大方的青春期大姑娘了,殊不知,黛玉进贾府时只不过是一个六七岁的小女孩儿而已。

第三回贾雨村在做黛玉老师时,书中交代林如海"今只有嫡妻贾氏生得一女,乳名黛玉,年方五岁"。此时黛玉五岁。后贾雨村在林家里,"堪堪又是一载的光阴,谁知女学生之母贾氏夫人一疾而终"。一载过后,此时黛玉六岁。母亲过世后因黛玉伤心过度,连日不曾上学,贾雨村才在街上闲逛遇到冷子兴,得知复职门路消息,"次日,面谋之如海",林如海说"已择了出月初二日小女人都,尊兄即同路而往",即下个月初二就让贾雨村护送黛玉入京。然后便"有日到了都中"。这有日是多少不清楚,可能是几天,可能是十几二十天,但肯定不会超过一个月,更不可能是一年,所以黛玉进贾府应该是六岁,最多不超过七岁。也正因为这样的年龄才不会有男女避嫌,贾母才会安排黛玉和宝玉住在同一个房间,宝玉后面还会说与林妹妹从小一桌子吃饭,一床上睡觉。两人是真正的青梅竹马,两小无猜。

所以说黛玉进贾府时只是个小孩子,至于人家应对得体、落落大方、小心谨慎、观察细致,只能说明黛玉聪慧、早熟、家风良好、见多识广、家学渊源!

宝钗来迟了

宝玉和黛玉闹别扭时,宝玉曾用"亲不间疏,先不僭后"来劝说黛玉;宝钗生病时,宝玉和黛玉相继来探望,黛玉来后就说:"早知他来,我就不来了。"似乎在宝黛钗三人中总是围绕着一个谁先来谁后到的问题。后人还觉得不过瘾,越剧版《红楼梦》在黛玉死后,还要给宝玉加一句经典的台词:"林妹妹,我来迟了!"

其实在三人的爱情旅途中,真正来迟的却是宝钗。

第三回中,黛玉进贾府的结尾中写道:"次日起来,省过贾母,因往王夫人处来,正值王夫人与熙凤在一处拆金陵来的书信看",信中说的就是应天府审理薛蟠打死人命的案件,以及薛家母子进京一事。这样的情节给人的感觉就是黛玉进贾府的第二天,贾府就接到了薛家的信,紧接着薛家就来了,好像宝姐姐就比林妹妹迟来了一步。

那么,宝姐姐真的是迟来这么一步吗?

在第四回葫芦僧乱判葫芦案时,书中写道:"这薛公子学名薛蟠,字表文起,今年方十有五岁,性情奢侈,言语傲慢。"薛家除了有这个独子薛蟠外,"还有一女,比薛蟠小两岁,乳名宝钗,生得肌骨莹润,举止娴雅"。从这里可明确得知此时薛蟠15岁,宝钗13岁。薛蟠送妹妹进京待选,遇见拐子卖英莲,然后打死冯渊,惹上人命官司。书中写薛蟠并没有把人命放在心上,"带了母妹竟自起身长行去了"。但薛家人起身走是走了,却并没有说去了哪里,可能在路上,也可能在某个地方寄居,我们所知道的是没有进贾家。因为薛家进贾家,是在王夫人接到贾雨村写的书信,帮薛蟠了结官司后,薛家才到的贾家。

那么,从薛蟠打死冯渊到贾雨村了结案件,这中间隔了多长时间呢?冯渊的家仆在贾雨村的公堂上说:"小人告了一年的状,竟无人做主。"一年,就是说到贾雨村接手这个案子时,冯渊已经死了一年的时间了,此时,薛蟠应该16岁,宝钗14岁。

第二十二回凤姐和贾琏商量给宝钗过生日时提道:"但昨儿听见老太太说,问起大家的年纪生日来,听见薛大妹妹今年十五岁,虽不是整生日,也算得将笄之年。"这一回还提道,"谁想贾母自见宝钗来了,喜他稳重和平,正值他才过第一个生辰,便自己蠲资二十两,唤了凤姐来,交与他置酒戏。"说得很清楚,宝钗到贾府过的第一个生日是15岁生日。所以,宝姐姐进贾府时,确定无疑是14岁。

在宝钗过完15岁生日后,元春下了一道谕,让姐妹们搬入大观园居住。宝玉住进大观园后,诗意大发,连写四首诗《春夜即事》《夏夜即事》《秋夜即事》《冬夜即事》,一时得意忘形还晒了朋友圈,"当时有一等势利人,见是荣国府十二三岁公子作的,抄录出来各

第三篇 《红楼梦》里悲薄命

处称颂"。到此交代宝玉十二三岁。黛玉进贾府时,王夫人嘱咐她不可接近宝玉时,她说道:"在家时亦曾听见母亲常说,这位哥哥比我大一岁,小名就唤宝玉。"可见宝玉比黛玉大一岁,宝玉十二三岁这年,黛玉应该十一二岁。

综上所述,宝钗进贾府时是十四岁,此时,宝玉十二三岁,黛玉大约十一二岁。

黛玉进贾府大约是六七岁的年龄,黛玉到了贾府五六年后,宝钗一家才来的。贾琏和凤姐商量给宝钗过生日时说:"往年怎么给林妹妹过的,如今也照依给薛妹妹过就是了。"显然,宝钗这是第一次在贾府过生日,而黛玉在贾府已经过了好几个生日了。后文宝玉也对黛玉说:"你先来,咱们两个一桌子吃,一床睡,长的这么大了,他是才来的。"宝玉和黛玉一起吃一起睡一起玩了五六年,宝钗才来的,宝钗不是迟来了一两天,而是迟来了好几年。

那么,宝钗仅仅是迟来了几年吗?

第一回在甄士隐的梦里,那一僧向一道讲述了西方灵河岸上三生石畔绛珠仙草与神瑛侍者的故事。上一世,神瑛侍者用甘露灌溉绛珠仙草;这一世,神瑛侍者化身成贾宝玉,绛珠仙草化身成林黛玉,黛玉用一生的眼泪来回报上一世的灌溉之恩。他们两人的情缘是上一世就定下来的。这一世,不论人们如何宣扬金玉良缘,终抵不过两世情缘的木石前盟。

上一世,这一世,宝姐姐到底是来迟了。

女人不吃醋，感情不丰富（一）

黛玉作为红楼梦里的头号女主，感情细腻又丰富，吃起醋来那也是既才华又艺术。

最初黛玉吃的醋，是半酸的。

在第七回中，周瑞家的来给黛玉送宫花时提起了宝钗生病，宝玉打发茜雪去传话："谁去瞧瞧？只说我与林姑娘打发了来请姨太太姐姐安，问姐姐是什么病，现吃什么药。"这时宝玉的情商还挺在线的，说得很清楚是"他与林姑娘"来问安的，可是第八回他来探望宝钗时就忘了和林大姑娘一起来了。而且还在宝钗身边腻歪半天，又是比通灵，又是闻冷香的，站在门外的黛玉早就被酸得够够的了。可此时的黛玉既不像凤姐，一吃醋就撒泼生不测，也不像袭人那样憋在心里和宝玉打哑谜，黛玉把嗔怒变成含沙射影、指桑骂槐、旁敲侧击的酸言辣语，那可真是酸起人来都不带一个醋字。

然而这种酸度，在黛玉这儿还只能是"半含酸"。

黛玉真正吃的醋，是酸中带甜的。

黛玉要的酸爽，只能在和宝玉独处时泼给宝玉。在第十九回

第三篇 《红楼梦》里悲薄命

中,宝玉要闻黛玉衣上的香,黛玉冷笑道:"难道我也有什么'罗汉''真人'给我些香不成?便是得了奇香,也没有亲哥哥亲兄弟弄了花儿、朵儿、霜儿、雪儿替我炮制。我有的是那些俗香罢了!"

嬉笑打闹中进一步调侃宝玉:"我有奇香,你有'暖香'没有?"

宝玉不明白,黛玉就继续泼:"蠢材,蠢材!你有玉,人家就有金来配你;人家有'冷香',你就没有'暖香'去配?"

一口接一口的老陈醋喷出来,惹得宝玉既心生愧意又心生怜意,两人嬉笑打闹、互相编排,让人看得趣意横生。

探宝钗时半含酸的黛玉,上有贾母宠爱,下有宝玉护着,扬州家里还有个当巡盐御史的老爸,贾府的座上宾贾雨村是自己的家庭老师。林如海去世也仍有余荫,黛玉就是傲娇的女王,自信放光芒,她还没有体会到世态炎凉、人情冷暖,就是吃醋,也是酸酸甜甜的。

然而,并不是所有的醋都是酸的。

湘云来了,以前只有姐姐,现在又有了妹妹。

与宝钗不同的是,湘云小时候曾在贾府住过,在黛玉来之前,湘云和宝玉也是同吃同玩,也可能是言和意顺,略无参商。在第二十回中,湘云的到来本就够黛玉喝一壶了,偏偏这宝玉还是急慌慌地从宝钗那里赶来的。黛玉也是搂草打兔子,索性酸翻一船人:"我说呢,亏在那里绊住,不然早就飞了来了。"不仅把醋既泼向了绊住宝玉的宝钗,又泼向引宝玉飞来的湘云。

黛玉醋瓶常打开,却不是每次都能迎来默契。这次宝玉的情商相当不在线,他反怼黛玉:"只许同你顽,替你解闷儿。不过偶然去他那里一趟,就说这话。"这话说得相当欠揍,合着平常二人的情投意合,就变成你宝玉替人家黛玉解闷儿呀!

友谊的小船说翻就翻……

黛玉浓浓的一瓶老陈醋瞬间变成了一串火红的小辣椒。

宝玉忙着在黛玉面前灭火,湘云却赶着来黛玉面前泼醋:"你敢挑宝姐姐的短处,就算你是好的。我算不如你,他怎么不及你呢。"

由酸变成辣的,还没有结束。黛玉的醋,还在发酵。

金玉良缘传说在贾府传得沸沸扬扬时,来了个戴着金麒麟的史湘云,史湘云当众指认龄官貌似黛玉的风波还未消尽,黛玉又遭遇怡红院的闭门羹,在闭门羹事件尚未完全释怀时,元妃的端午节赏礼又把宝玉和宝钗拉成一对,在端午节赏礼尚未解释清楚又来了个清虚观老道提亲……诸多事件接二连三地,看似是宝黛二人日常的闹别扭生气,却看不到黛玉曾经怒怼周瑞家的毫不掩饰的傲气,看不到黛玉探宝钗时"半含酸"的娇气,更看不到黛玉调侃宝玉暖香冷香时夹枪带棒的淘气,看到的却是黛玉夜晚的孤冷和葬花的悲泣,看花听曲感叹自身的伤感,以及不断试探宝玉而不得的恼怒与争吵。

随着林如海逝去日久,黛玉的醋,终成了苦涩的。半含酸的黛玉可以和宝玉嬉笑打闹出一个关于"腊八粥"的笑话,让人忍俊不禁。寄人篱下、自我伤怀的黛玉独自成就了千古名作《葬花吟》,让人黯然泪下。

女人天生爱吃醋,有人宠、有人、爱有人可靠的女人吃醋,可以是酸的,可以是甜的,甚至可以是火辣辣的,而独自一人承受风霜的女人吃醋,只能是苦涩的。

女人不吃醋,感情不丰富(二)

如果说黛玉吃醋如绵绵细雨,酸意中透着轻柔、幽怨和深情,那么凤姐的吃醋就犹如狂风骤雨,辛酸、委屈、愤怒掺杂在酸风醋雨中倾泻而出。相比于半含酸的黛玉,凤姐就是众人眼中的"醋罐、醋缸、醋瓮",这就很容易让人们忽略了凤姐原也是感情极丰富的女人。

凤姐是王夫人的侄女,贾王史薛四大家族一荣俱荣、一毁俱毁,凤姐和贾琏的婚姻虽是四大家族联姻结果,也算是门当户对、郎才女貌。第十三回贾珍让凤姐来帮忙料理秦可卿丧事时,曾评价凤姐"从小儿大妹妹顽笑着就有杀伐决断,如今出了阁,又在那府里办事,越发历练老成了"。可见凤姐未出阁时两家就经常来往,凤姐和贾府中的哥儿们常来常往,在顽笑中长大。再从凤姐和贾琏的婚后生活来看,夫妻也有蜜里调油的时光,至少二人早期的感情是相当不错的。

在第七回中,周瑞送宫花至凤姐处时,"只听到那边一阵笑声,却有贾琏的声音"。这里曹公一方面含蓄地写了凤姐与贾琏的婚

第三篇 《红楼梦》里悲薄命

姻生活,另一方面却让"贾琏戏熙凤"上了这一回的回目,目的就是要提醒读者凤姐和贾琏的夫妻生活很好。尽管凤姐出身高贵,性格泼辣,但能够与贾琏这样四处拈花惹草的风流老公较长时间地维持甜蜜关系,不得不说,凤姐是需要一定的感情投资的。

贾琏护送黛玉回家奔丧的日子里,凤姐"心中实在无趣,每到晚间,不过和平儿说笑一回,就胡乱睡了"。夜深时也常常算计着贾琏行程到了何处,待贾琏的小厮昭儿回来时,便"细问一路平安信息。连夜打点大毛衣服,和平儿亲自检点包裹,再细细追想所需何物,一并包藏交付昭儿"。这时的凤姐根本不是什么杀伐决断的女强人,妥妥一个对老公牵肠挂肚的贤良妻子。

爱一个人,就要爱他的家。爱情是两个人的事,婚姻却是两个家庭的事。凤姐不仅爱贾琏,也爱整个贾家。凤姐是荣国府的管家,每天日理万机似的处理各种家务外,还既能讨贾母欢心,也能顾及王、邢二夫人的面子;既能调侃牙尖嘴利又任性清高的黛玉,也能体贴照顾藏愚守拙的宝钗;既能暗中计算妯娌李纨的私房钱,也能在众人面前对李纨谦让有加。哪怕是对鸳鸯、袭人、李嬷嬷等人,凤姐也因顾及主子面子而不敢轻视。

在贾府这个有老祖宗、公婆、妯娌、众多小姑子、小叔子、诸多管家奶奶们的大家庭里,管家哪是那么容易的。第十六回,凤姐曾向贾琏矫情地抱怨过:"咱们家所有的这些管家奶奶们,那一位是好缠的?错一点儿他们就笑话打趣,偏一点儿他们就指桑骂槐的报怨。'坐山观虎斗''借剑杀人''引风吹火''站干岸儿''推倒油瓶儿不扶',都是全挂子的武艺。"而凤姐竟能长袖善舞地周旋于如此复杂的家庭关系之中,用超乎常人的情商和智商展现了什么叫"裙衩一二可齐家"。

　　凤姐管家固然有她喜爱卖弄才干的原因,却也不能忽视这也是对贾琏的帮助。贾琏虽是贾府正经的主子爷,甚至可以说是荣国府的长子长孙,却有贾赦那样不靠谱的爹,亲娘早逝,又有邢夫人那样情商极低的继母,谁都知道荣国府将来的继承人是宝玉而非贾琏。因此如果没有凤姐,贾琏在贾府的存在感就极低,这点贾琏心里是非常清楚的。凤姐在整个贾府的操持对于贾琏来说那是百利而无一害,甚至对他来说是非常重要的。

　　贾琏爱凤姐吗?或许曾经爱过吧。可是,贾琏并没有爱凤姐爱到唯一,他的情是泛滥的,是满足于皮肉之欢的。用贾母的话来说就是:"那凤丫头和平儿还不是个美人胚子?你还不足!成日家偷鸡摸狗,脏的臭的,都拉了你屋里去。"更过分的是,贾琏为成其淫滥之欢,却给凤姐最恶毒的诅咒。他在和鲍二家的偷情时,就和那妇人一起咒凤姐早死。在第六十四回中,贾蓉在帮贾琏偷娶尤二姐时,说辞也是:"目今凤姐身子有病,已是不能好的了,暂且买了房子在外面住着,过个一年半载,只等凤姐一死,便接了二姨进去做正室。"所谓一日夫妻百日恩,有多大的怨恨,才会盼着等着对方死啊,可见,相较于凤姐对贾琏的爱,贾琏对凤姐的爱少得可怜。

第三篇 《红楼梦》里悲薄命

相对于贾琏的爱,凤姐的爱是占有,是卧榻之侧岂容他人酣睡。然而,凤姐的爱既换不来贾琏的尊重,也于那个时代所不容。

凤姐因为贾琏和鲍二家的偷情而闹得满府风雨之际,一向疼爱凤姐的贾母虽在众人面前呵斥了贾琏,却也并不认为贾琏犯了什么大错,反而轻描淡写地对凤姐说:"什么要紧的事!小孩子们年轻,馋嘴猫儿似的,那里保得住不这么着。从小儿世人都打这么过的。都是我的不是,叫你多吃了两口酒,又吃起醋来。"应该说在那个时代,不光贾母,在所有人的眼里,贾琏做的事都不是什么要紧的事。

聪明如凤姐,她明白了,在这场由鲍二家的引起的泼醋大战中,她终究是输了。

愿得一心人,白首不相离。凤姐的爱,终是错付了。

好爸爸与坏爸爸

幸福的童年都是相似的,不幸的童年各有各的不幸。

童年的幸与不幸,多数与父亲相关。

无论在家败之前还是家败之后,巧姐都应该算是幸运的。

家败之前,巧姐是贾琏和王熙凤的女儿,老妈是荣国府的内当家人,老爸是荣国府的长房长孙,以他们二人的势力和能力,年幼的巧姐不仅有锦衣玉食的生活,还有丫鬟奴仆的小心侍奉和竞相讨好。家败之后,在众芳凋零中巧姐还能被刘姥姥护得周全,按说命运对她算是厚待。

可是,无论在家败之前还是家败之后,巧姐都不算幸运。

家败之后遭遇"狠舅奸兄"发卖,小小年纪就尝尽了"势败休云贵,家亡莫论亲"的亲情冷漠。然而与遇上"狠舅奸兄"相比,巧姐的不幸或许更早,从她一出生,就有了贾琏这样的老爸开始。

除了和板儿争玩具外,书中的巧姐不是在睡觉,就是在生病。贾琏从没像甄士隐抱着英莲玩耍那样陪伴巧姐,也没有像林如海教导黛玉读书写字那样教育巧姐,贾琏和巧姐几乎就没有过交集。

第三篇 《红楼梦》里悲薄命

在第六十四回中,贾琏偷娶尤二姐时,贾蓉给他的建议就是:"叔叔只说婶子总不生育,原是为子嗣起见,所以私自在外面作成此事。"没能有个儿子,这是贾琏的遗憾,是王熙凤的弱柄,又何尝不是对巧姐的伤害?

第二十一回,巧姐出痘的时候,声称不信阴司报应的王熙凤为了给巧姐祈福"一面打扫房屋供奉痘疹娘娘,一面传与家人忌煎炒等物,一面命平儿打点铺盖衣服与贾琏隔房",而后与平儿都随着王夫人日日供奉娘娘。而贾琏却是个"只离了凤姐便要寻事"的人,在为巧姐祈愿的斋戒期间,"独寝了两夜,便十分难熬,便暂将小厮们内有清俊的选来出火"。后来又与多姑娘鬼混,多姑娘还提醒他:"你家女儿出花儿,供着娘娘,你也该忌两日,倒为我脏了身子。快离了我这里罢"。贾琏却说:"你就是娘娘!我那里管什么娘娘!"在贾琏的心中,女儿的病远远没有他的一夜风流重要!

"狠舅奸兄"固然可恶,而摊上这样的老爸,巧姐的薄命已然注定。

所谓上梁不正下梁歪,贾琏这样的父亲角色,源于他也有一个这样的老爸。

贾赦作为贾琏的老爸,这上梁可以说是歪出了天际,贾琏身上所有的问题,都只是贾赦在他身上的一部分投影而已。

贾琏的好色与他老爸比起来,那是小色见大色。贾母就抱怨贾赦"如今上了年纪,作什么左一个小老婆右一个小老婆放在屋里,没的耽误了人家。放着身子不保养,官儿也不好生作去,成日家和小老婆喝酒"。色子头上一把刀,贾赦头上可不仅是插一把刀。

他除了好色,还依官作势,强娶鸳鸯不成,威胁鸳鸯一辈子都别想嫁别人;与贾雨村勾结,强索石呆子古扇,逼得石呆子愤而自尽,家破人亡;贾琏只是对他强占石呆子古扇的行为说了几句不满的话,他就把贾琏打得半死;更令人发指的是,他为了五千两银子就把亲生女儿迎春抵卖给孙家,迎春嫁入孙家一年,被"中山狼"孙绍祖凌虐至死。"金闺花柳质,一载赴黄粱"是迎春的悲剧结局,而造成这场悲剧的正是她的亲生父亲!

与巧姐在势败家亡后被"狠舅奸兄"卖掉相比,迎春是在贾府尚存时被亲生父亲卖掉的,千金大小姐迎春比巧姐更是薄命百倍。同样是薄命,有个好父亲和坏父亲的差别还是很大的,《红楼梦》里也不乏有很多好父亲。

英莲是第一个出现的薄命女,她被父亲甄士隐抱在怀里玩耍的画面和她粉妆玉琢的面孔一样都定格在了她童年的岁月里。即便经历了被拐七八年、金陵被卖惹出人命官司、被薛大傻子收房等一系列变故,她的身上依旧有一种大家闺秀的气质,这也许是甄士隐老父亲为她刻在骨子里的东西,是生活的磨难无法掩藏的。不禁让人感叹如果英莲没有丢,一直待在老爸身边该多好!

黛玉的童年是很快乐的,不仅有贾敏这样的老妈,更有着视她如珍宝的老爸。林如海并没有一般的封建家长重男轻女的思想，他把黛玉的教育真正当成教育来看，专门为黛玉请来贾雨村这样的进士当家庭老师，培养了黛玉扎实的诗词功底、惊艳横溢的才华和广博大气的精神世界。而且，林父对黛玉不仅是教育重视，日常生活也非常用心，他细心地教导黛玉"惜福养身，云饭后务待饭粒咽尽，过一时再吃茶，方不伤脾胃"。贾敏去世后，林父一心想着没有"亲母教养"会对女儿成长不利，所以不顾自己晚年凄凉，仍把黛玉送往贾府。这样的老爸，真可谓是百分百好老爸。

宝钗的父亲也是不可多得的父亲。与不学无术的薛蟠相比，宝钗举止娴雅，"当日有他父亲在日，酷爱此女，令其读书识字，较之乃兄竟高过十倍"。宝钗通身的气派一看就是受过父亲悉心培育的，薛老低爹的悉心教导，不仅给了宝钗从小快乐的童年，也成就了成年后的宝钗温柔敦厚、大方得体。只是从父亲对她的爱"较之乃兄竟高过十倍"来看，更多夹杂了对其兄薛蟠的失望。被父亲寄予了过高的期许，宝钗过早地收起了娇童的天真，承担了家族的重担。

父爱如山，父爱是责任，是担当，是自信，是安全。一个不称职的父亲会给孩子带来不可修复的伤害，一个有担当、有眼界的父亲会让儿女自带光环、活出自我。

一个父亲最悲哀的就是，一辈子都不懂怎样当一个父亲。

"拎冷壶"的史湘云

妙语在民间,有个地方俗语中有"拎冷壶"一词,意思很简单,与大家很熟悉的"哪壶不开提哪壶"意思相当,意指心思不够缜密,说话做事都不合时宜。这个词用来形容史湘云,是再合适不过了,因为湘云就是喜欢"拎冷壶"。

湘云的初次登场看似很突然,其实不然,湘云是常来贾府的。在第十九回中,袭人在和宝玉斗气时就提过:"自我从小儿来了,跟着老太太,先服侍了史大姑娘几年,如今又服侍了你几年。"黛玉进贾府时袭人已经服侍宝玉了,这里说袭人还跟着贾母时服侍了湘云几年,说明湘云在贾府住的几年是在黛玉来贾府之前的。那时的湘云一定和宝玉经常一起玩耍,相互习性非常知悉,在第二十一回中,湘云到贾府小住,宝玉看到湘云膀子撂于被外,就叹道:"睡觉还是不老实!回来风吹了,又嚷肩窝疼了。"

据此推测,湘云自小父母双亡,贾母怜爱湘云,就把她养在身边,长大了几岁才让她回叔婶家去的。可这么一个深受贾母怜爱又从小养在身边的女孩,怎么就没有成为贾母内定的孙媳妇儿人选呢?原因可能就是:湘云太喜欢哪壶不开提哪壶了!

第三篇 《红楼梦》里悲薄命

宝黛闹别扭,湘云"拎冷壶"

第二十回,听说湘云来了,宝玉和宝钗一起赶来,引发了宝玉和黛玉的酸味口舌之争。黛玉气宝玉和宝钗在一起玩,气宝玉不理解她的心还怼她,气宝玉被宝钗拉走,总之,黛玉的所有嫉妒之心都是因为有个宝钗。宝玉来安抚黛玉,黛玉就生气地说:"你又来作什么?横竖如今有人和你顽,比我又会念,又会作,又会写,又会说笑,又怕你生气拉了你去,你又作什么来?死活凭我去罢了!"

为了让黛玉消气,宝玉先讲道理:"亲不间疏,先不僭后"。而后摆事实,"你先来,咱们两个一桌吃,一床睡,长的这么大了,他是才来的,岂有个为他疏你的"。

最后掏心窝子:"我也为的是我的心。难道你就知你的心,不知我的心不成?"

讲道理、摆事实、掏心窝子,宝玉可谓是层层递进,才终于把俩人的话题绕到了天气变化啊,衣服穿少了上来。宝玉刚喘口气,觉得这一关有惊无险总算过去了,没想到这时"拎冷壶"的湘云来了,湘云"拎着冷壶"对黛玉笑道:"你敢挑宝姐姐的短处,就算你是好的。我算不如你,他怎么不及你呢。"

唉,此时宝玉的内心真是一万点暴击:湘云妹妹啊,你真是哪壶不开拎哪壶啊!

凤姐调侃气氛，湘云"拎冷壶"

宝钗的生日宴上，凤姐指着唱戏的龄官说："这个孩子扮上活像一个人，你们再看不出来。"既然说"活像"，那必然不是只凤姐看得出来，凤姐又说大家看不出来，其实就是让大家看破别说破。

在那个年代，唱戏人的身份是比较低微的，在六十回中赵姨娘辱骂芳官的话语就是："小淫妇！你是我银子钱买来学戏的，不过娼妇粉头之流！我家里下三等奴才也比你高贵些的"。尽管赵姨娘的语言颇为尖酸刻薄，却也确实透露了那时唱戏人的身份之低。

所以，拿戏子与"孤高自许，目无下尘"的黛玉相比，可以说是伤害性很大，侮辱性极强。正因为如此，大家都装聋作哑，宝钗不会说，宝玉也猜着了，亦不敢说。聪明如黛玉，她自己一定也看出来了，但是此时说什么都不合适，只能默默装傻。可是架不住这时有个"拎冷壶"的湘云啊，湘云一句"倒像林妹妹的模样儿"，直接把宴会气氛推到了尴尬的高潮。

此时凤姐的心里真是：湘云妹妹啊，你真是哪壶不开提哪壶啊！

第三篇 《红楼梦》里悲薄命

宝钗体贴邢岫烟，湘云"拎冷壶"

要说这湘云"拎冷壶"，还得说邢岫烟当衣事件。

五十七回，岫烟家境贫寒，为了维持生活，大冷天把棉衣当了。细心的宝钗心细发现端倪，并得知岫烟把衣服当在了自家当铺后，便嘱咐岫烟把当票给她，她帮岫烟把衣服取回来。岫烟的丫头篆儿把当票送过去，莺儿刚收起来还没来得及交给宝钗，就被湘云偷拿了出来，还拿到众人面前大声嚷着让大家认认。

岫烟当衣本就是一件不宜张扬的事，宝钗帮助隐瞒也是私下悄悄进行。湘云此举实在是让宝钗头疼，急得"忙一把接了，看时，就是岫烟才说的当票，忙折了起来"。

待私下时，宝钗对湘云和黛玉讲明了缘由，湘云的冷壶更是毫无意外地拎出来了。

史湘云便动了气说："等我问着二姐姐去！我骂那起老婆子丫头一顿，给你们出气何如？"

这里的二姐姐是指迎春，迎春连自己的首饰被奶妈偷拿了都能忍，又怎么会管岫烟的事？更何况拿千金小姐的私事与婆子丫头理论，不仅掉她自己身份，还会让岫烟无地自处。黛玉和宝钗拦住她，她就浇出来另一壶冷水："既不叫我问他去，明儿也把他接到咱们苑里一处住去，岂不好？"

这里说的咱们"苑"是指宝钗住的蘅芜苑。湘云在大观园里是没有独立的住处的,她原跟着黛玉住,后来被宝钗的一场螃蟹宴收服,就跟着宝钗住蘅芜苑了。这湘云如果只是偶尔来住一两天,宝钗乐得装大方做暖姐,后来史家升迁后,湘云就常住贾府了,贾母原让凤姐给湘云安排住处,湘云却"执意不肯,只要与宝钗一处住",这就太不懂事了,宝钗是有苦说不出。

完全不征求宝钗意愿,自己留宿在宝钗住处也就罢了,现在又不征求宝钗意愿,嚷着要把岫烟也接到蘅芜苑来,宝钗这同意也不是,不同意也不是,宝钗的心里苦啊!

我想宝钗心里一定会说:哪壶不开提哪壶的湘云啊,哪里凉快哪里待着吧!

元春盛宠的背后

一年四季春为首,元春又占春之首。大年初一出生的元春是贾府的荣耀,她的人生也是绝大部分女子一辈子都无法企及的高度。然而在这高度的背后,是贾家不思进取的骄奢淫逸,是元春独木难支的负重前行。

贾府里喜荣华正好

贾府祖上的荣耀是由功名得来的,贾氏宗祠有三副对联说明贾家祖上的功勋:

"肝脑涂地,兆姓赖保育之恩;功名贯天,百代仰蒸尝之盛"

"勋业有光昭日月,功名无间及儿孙"

"已后儿孙承福德,至今黎庶念荣宁"

从这三副对联可以看出,当年宁国公、荣国公是功名赫赫的,朝廷和百姓都赖其恩泽,所以应该是保家卫国的战功。也因此功名,贾府儿孙得以受其荫泽承袭官爵。不过下一代如果没有新的功勋,这承袭官爵是依代递减的。宁国公是公爵,其子贾代化承的是世袭一等神威将军,贾敬不肯袭官,到贾珍就成了世袭三品爵威烈将军。再到贾蓉就没有功名可世袭,只能花钱买了个五品龙禁尉的官。

"君子之泽,世远则疏",没有新功,没有新的优秀人才,单靠祖上的荫泽,贾府势必会如冷子兴所言,"如今的儿孙,竟一代不如一代了!"

第十六回,一代不如一代的贾府迎来了元春的荣宠,元春"因贤孝才德,选入宫作女史",后又"晋封为凤藻宫尚书,加封贤德妃"。元春的封妃使贾府一跃成为皇亲国戚,可谓是光耀门楣,给正走下坡路的贾府打了一剂强心针,再次富贵到了极点。

没一个好哥哥好兄弟

第三十回,宝玉一时嘴欠,拿杨贵妃比宝钗,说宝钗和杨贵妃一样体丰怯热,直接戳了宝钗的痛处:"我倒像杨妃,只是没一个好哥哥好兄弟可以作得杨国忠的!"宝玉闹了个大红脸,宝钗戳中了宝玉的痛处,甚至是整个贾家的痛处。

宝钗进宫已然无望,她此生做不了贵妃了,贾家可是有个正经的贵妃的,而元妃的身后恰恰没有个好哥哥好兄弟堪当大任。虽然杨国忠放荡无行、不学无术、专权误国、败坏朝纲,可是人家尚能当上宰相,如今偌大的贾府,本该顶门立户、光宗耀祖的男儿们,没有一个能做元春的臂膀,元春在宫里是孤立无援的。

"安富尊荣者尽多,运筹谋划者无一",贾府这样钟鸣鼎食之家、翰墨诗书之族,到如今文无良才、武无寸功,躺在祖宗功劳簿上醉生梦死的寄生虫们从来没有想过前朝和后宫历来是一体的,他们天真地以为只要有元春在,就能永保安乐。好道的好道,玩乐的玩乐,奢靡浪费、欺上瞒下、贪赃枉法、草菅人命,一桩桩、一件件都需要"贤德"称号的元春付出怎样的努力才能遮羞化难!

贾府歌舞升平的背后,是元春的负重前行。

回首相看已化灰

元春把荣耀带给了家族,把悲伤留给了自己。她用一生的幸福换来的家族荣耀就如她的灯谜一样:"能使妖魔胆尽摧,身如束帛气如雷。一声震得人方恐,回首相看已化灰"。

元春至死都在牵挂家人,芳魂消耗的那一天,路远山高望家乡,只能在梦里带话给爹娘:"儿命已入黄泉,天伦呵,须要退步抽身早!"元春的死亡使贾府失去了最后一根顶梁柱,柱子倒地,大厦焉有不倾之理。元春拼着最后一缕芳魂告诫父母要早点退步抽身,这是她对贾家各种胡作非为行为最大的不满,也是对贾家的最后警告。

给贾府敲警钟的,元春并不是第一人。

早在元春晋封贵妃之前,冷子兴就看出来贾府"如今外面的架子虽未甚倒,内囊却也尽上来了"。

第十三回中秦可卿临死前托梦给王熙凤,苦口婆心地让凤姐早做准备,让子孙后代有个退步的着落:"趁今日富贵,将祖茔附近多置田庄房舍地亩,以备祭祀供给之费皆出自此处,将家塾亦设于此。"可惜凤姐当时一味地追问烈火烹油的喜事,并没有认真思考居安思危的良策。

在第七十四回中,抄检大观园时,探春声泪俱下地控诉:"可知这样大族人家,若从外头杀来,一时是杀不死的,这是古人曾说的'百足之虫,死而不僵',必须先从家里自杀自灭起来,才能一败涂地!"

除却外人冷子兴外,秦可卿和探春都相继敲响了贾府的警钟,可一次次警钟都没有敲醒温柔乡里的梦中人,有的人在梦中,有的人在装睡。

"身后有余忘缩手,眼前无路想回头。"已然走在穷奢极欲之路上的贾家哪是那么轻易退步抽身,走投无路时不是人人都有上岸机会的,回看来时路,无尽的长夜被掩盖在瞬息繁华的烟火中,烟花易冷,后会无期。

迎春破不了自己人生的棋局

迎春擅棋，但是在人生的棋盘上，她把自己活成了别人的棋子。

在闺阁中，她是婆子媳妇的棋子。迎春老实无能，懦弱怕事，第六十五回小厮兴儿在和尤二姐八卦时说："二姑娘的浑名是'二木头'，戳一针也不知嗳哟一声。"这个对迎春的评价可谓十分确切，迎春即便被下人奴仆欺负，也不吭声。

第七十三回，荣国府查办下人聚赌行为，最终获罪的大头家三人，其中一人就是迎春的乳母。在贾府，下人斗牌赌博已是违规，而迎春的乳母不仅参与了赌博，还偷了迎春的首饰攒珠累丝金凤。迎春的乳母之所以敢这么做，就是拿捏准了她的好性子，果然当丫鬟绣桔告知她时，她只是想着息事宁人。

迎春的好性子不仅被其乳母拿捏，还被她乳母的儿媳欺负。乳母的儿媳承认了累丝金凤是她婆婆所偷，却理直气壮的威胁迎春去贾母那里帮她婆婆求情才肯把累丝金凤赎回来："姑娘的金丝凤，原是我们老奶奶老糊涂了，输了几个钱，没的捞梢，所以暂借了去。原说一日半晌就赎的,因总未捞过本儿来,就迟住了。可巧今儿又不知是谁走了风声,弄出事来。虽然这样,到底主子的东西,我们不敢迟误下,终究是要赎的。如今还要求姑娘看从小儿吃奶的情常,往老太太那边去讨个情面,救出他老人家来才好。"

聪明的丫鬟绣桔一针见血地指出:"赎金凤是一件事,说情是一件事,别绞在一处说。难道姑娘不去说情,你就不赎了不成?嫂子且取了金凤来再说。"

乳母儿媳随之恼羞成怒,又拿准了迎春的懦弱,大放厥词说迎春占了她们的便宜,花了她们的银子,还把邢夫人牵扯进来:"你满家子算一算,谁的妈妈奶子不仗着主子哥儿姐儿多得些益,偏咱们就这样丁是丁卯是卯的,只许你们偷偷摸摸的哄骗了去。自从邢姑娘来,太太吩咐一个月俭省出一两银子来与舅太太去,这里饶添了邢姑娘的使费,反少了一两银子。常时短了这个,少了那个,那不是我们供给?谁又要去?不过大家将就些罢了。算到今日,少说些也有三十两了。我们这一向的钱,岂不白填了限呢。"

乳母儿媳的这番强词夺理彻底惹怒了绣桔,不待她说完,便啐了一口,道:"作什么你白填了三十两,我且和你算算账,姑娘要了些什么东西?"

可是不管绣桔如何据理力争,迎春只是一味地置身事外、无动于衷,乳母的事她不会管,自己的累丝金凤她也不追究:"罢,罢,罢。你不能拿了金凤来,不必牵三扯四乱嚷。我也不要那凤了。

第三篇 《红楼梦》里悲薄命

便是太太们问时,我只说丢了,也妨碍不着什么的,你出去歇息歇息倒好。"

即便后来宝钗、探春姐妹们赶来压阵,迎春也无动于衷,就这好像这场激烈的争吵都和自己无关。"当下迎春只和宝钗阅'感应篇'故事,究竟连探春之语亦不曾闻得。"迎春摆明了自己就是一个棋子的身份,别人想怎么拨弄就怎么拨弄。

在贾府这个棋盘中,迎春是一颗善良的棋子,她以为自己不招惹麻烦,麻烦就不会来找她,殊不知她遇到的一切麻烦都是因为她的懦弱和退让。

在婚姻上,她是父亲贾赦的棋子。迎春生母早逝,她的婚姻大事,由其父贾赦独断敲定。在第八十回中,迎春回娘家哭诉孙绍祖的恶行时说,贾赦欠了孙家五千两银子,就把迎春嫁给了所谓的世交之孙孙绍祖,实际上就是拿迎春抵债了。迎春不主动不反抗,默默地承受父亲的安排。贾母、贾政等人原本都不太看好这桩婚事,但也都没有极力阻止,大都眼看着迎春作为贾赦的棋子被推入险局。

结婚后,她是丈夫的棋子。迎春的性格和处事能力,注定了她到夫家后不会被善待。孙绍祖祖上是军官出身,绰号是"中山狼",是个骄奢淫逸、作践妇女的家暴狂。迎春的懦弱和忍让加重了孙绍祖的劣根性。在婚后一年时间里,迎春诉说孙绍祖"一味好色,好赌酗酒,家中所有的媳妇丫头将及淫遍。略劝过两三次,便骂我是'醋汁子老婆拧出来的'"。

面对命运的种种不公,迎春唯一能做的就是求娘家人接她回去疗伤两天,伤痕累累的迎春回到贾府又能怎么样呢,除了哭哭啼啼地诉委屈,剩下的就是认命。住了几天后,孙家来接人,"迎春虽不愿去,无奈惧孙绍祖之恶,只得勉强忍情作辞了"。可怜迎春这个公侯千金在孙绍祖的虐待之下仅一年的时间就一命呜呼了。

在婚姻这个棋盘中,迎春是一颗善良的棋子,她以为用她的温顺和善良可以挡住一切的风吹雨打,殊不知,她遇到的风雨都来自她的温顺、善良、忍让和妥协。

纯良到人畜无害的迎春草草地结束了自己人生的棋局,下人欺骗糊弄她,她不恼;姐妹们都有赏她没有,她不怨;父母兄嫂无人关照怜惜她,她不恨;婚姻大事任人摆布,她不争;丈夫行事荒唐无理,她不管。在贾府没人比迎春善良得彻底,而善良是滋养心灵的涓流,却不是防身护体的盾牌,当善良没有锋芒,那善良就不叫善良,而是懦弱。

懦弱的迎春又比谁都孤独,没有父母的疼爱,没有兄嫂的庇护,没有爱情的滋养。她因病缺席大观园的诗社活动,一向怜香惜玉的宝玉也只是一句:"二姐姐又不大作诗,没有他又何妨。"即使和全家人在一起,也没有人真正关心过迎春的内心世界,她的灯谜没有人能懂:"天运人功理不穷,有功无运也难逢。因何镇日纷纷乱,只为阴阳数不同"。贾政说是算盘,那就是算盘吧,迎春不会告诉大家真正的答案是棋局,有什么好争的呢,反正又不会有人在意,懂与不懂又有什么关系。

贾兰的孤独来自独处,那是他一个人的狂欢;迎春的孤独来自狂欢,在群体狂欢中的孤单。

"你强任你强,清风拂山岗;你横由你横,明月照大江。"迎春把一切交给命运和因果的人生态度使她变成了一颗任人利用的棋子,她最擅长下棋,却不懂如何下自己人生的棋局。她的一生,从一开始就是"朽局"(绣桔),她每隐忍退让一步,都是"死棋"(司棋)。

春天象征光明与希望,而迎春终是没有迎来自己的春天。

惜春看多了人生的坑

惜春是被命运偏爱的,她一出生就享有侯门嫡女的身份、锦衣玉食的生活、冰清玉洁的品格;惜春又是被命运诅咒的,命运之手一次次地把这些美好撕碎在她面前,并告诉她这些都是人世间的坑。

努力避开原生家庭污秽的坑

惜春是宁国府中贾敬的幺女、贾珍的胞妹。在刘姥姥这样连饭都吃不饱的人的眼里,惜春简直是神仙托生,有才有貌有家世,天下的福气都占尽了,而深宅里的生活,冷暖自知。

惜春母亲早亡,第二回冷子兴演说荣国府时就提到,父亲贾敬"一味好道,只爱烧丹炼汞,余者一概不在心上。"在贾敬的世界里,压根就没有惜春这个小女儿的存在。

哥哥贾珍聚赌、乱伦、养娈童,宁国府被他搞得污秽不堪。六十六回柳湘莲只是听说尤三姐与宁国府有关,便即刻拒婚,对宝玉说:"你们东府里除了那两个石头狮子干净,只怕连猫儿狗儿都不干净。我不做这剩忘八。"尤三姐尚是常住在宁国府的亲戚,就遭人嫌弃,倘若惜春没有离开宁国府,那可真是栽坑里了。

好在惜春早早住在了荣国府,而且宁国府再没出现过惜春的影子。贾敬生日、宁府家宴、秦可卿丧礼,乃至贾敬这个老爸死了,也未看到惜春。也许惜春对尤氏说的话能主明原因:"我清清白白的一个人,为什么教你们带累坏了我!"这是惜春的冷言冷语,也是惜春最无力的自保。

孤独承受荣国府冷漠的坑

荣国府里,惜春和姐妹们一起生活一起读书,一样地有乳母丫鬟随行左右,却没有人关爱她的心理发展和情感需要,她成长道路上的艰辛,都由她一个人默默承受。

贾府上下"男男女女都是'一个富贵心,两只体面眼'",尽管他们未必会小看惜春,生活上也不会亏欠苟待她,但是她毕竟年幼,父母双亡又兼哥不疼嫂不爱,她被忽略也是难免的。宝玉大笑至极会"滚到贾母怀里",黛玉怕爆竹会被贾母搂在怀中,而比他们年纪都小的惜春却只能找乳母。

没有人关心小小年纪的惜春为什么喜欢和尼姑智能儿玩耍,没有人关心全家团圆的家宴为什么惜春出的灯谜是佛前海灯,没有人关心惜春喜欢什么擅长什么。惜春虽喜欢画画,平时"不过随手写字的笔画画罢了",并"不会这工细楼台,又不会画人物",她甚至连画画的笔和颜料都没有,却因刘姥姥一句闲话,贾母就把画园子的巨大任务交给了惜春,面对贾母不容置疑的吩咐,没有人帮她辩解,没有人帮她解围,没有人看出她的"为难"和"出神",没有人注意到暖香坞里的这个姑娘已经越来越冷。

冷眼旁观姐妹们接连入坑

缺少亲人的关注和爱护,惜春也不懂得如何去爱人。惜春成了大观园里最清醒的冷眼旁观者,她冷静地看着姐妹们一个个入坑。

大姐姐贵为皇妃,元春省亲的喧嚣热闹背后,惜春看到的是一个欲言又止、无奈无助的大姐姐,皇宫就是一个大大的牢坑,送元春入坑的,正是荣国府的家人。

二姐姐迎春的婚姻是一场不折不扣的悲剧,贾赦因为五千两银子把迎春许配给孙家,那孙绍祖并非良配,却无人站出来阻止这场悲剧。出嫁后的迎春回娘家求助,也无人救她于水火,以致迎春在孙家火坑里一载赴黄粱。

三姐姐探春有勇有谋,有经世致用之才,她想立一番事业,可偏偏是女儿身,她精明强干却怀才不遇,她努力地挣扎上进赢得了长辈们的欣赏和重视,可结果一艘大船把她带向了远方,骨肉家园从此再无相见。

说什么脂正浓,粉正香,"心冷口冷心狠意狠的人"的惜春眼睁睁地看着一个个姐妹们入坑,繁华瞬间凋落,她救不了任何人,包括她自己。

不能忘却好闺蜜被套入坑

自古深情留不住,只有套路得人心。前有智能儿,后有妙玉,惜春看破人生最长的路,就是红尘的套路。

智能儿中了秦钟的套路。她让秦钟救她出水月庵这个牢坑,秦钟要她先委身于他。智能儿无法抵挡住情爱的诱惑,也没能看准秦钟的为人,她中了秦钟的套路,秦钟却未能救她出坑。生活本就不易,意外却总是出其不意,秦钟命入黄泉,智能儿不知所踪。

惜春曾和智能儿开玩笑说"我明儿也剃了头同他作姑子去呢"。而她家大观园里就有个栊翠庵,惜春难免会接近妙玉,与之惺惺相惜。然而,妙玉身在佛门却眷恋滚滚红尘,惜春不懂妙玉,也劝不了妙玉,各人有各人的缘法,红尘的坑终需妙玉自己跳了才知道。

横看成岭侧成峰,远近高低处处坑。看多了这世间的喧嚣与浮华,看多了人生的坑坑洼洼,了却尘缘走向佛门,和眼前这个世界划清界限,是惜春告别这个世界最冷冽的抉择。

妙玉拧巴的人生

生命是一场修行,人人都在路上。人生不可能没有缺憾,也不可能事事顺心,我们生活的意义就是努力补上缺憾,把不顺的事捋顺了掰直了。可是,在妙玉的人生中,处处都是拧巴的,似乎总也捋不顺掰不直。

官宦小姐却空门修行

妙玉出身于苏州仕宦之家,因从小多病,买了许多替身儿皆不中用,最后只能亲自入空门修行方才解难。也许是心有不甘,也许是对未来还带有侥幸和期许,她并没有彻底遁入空门,只是带发修行,这一修就修了十多年,直到父母双亡,师父亡故,既未还乡也未还俗。

这是妙玉拧巴人生的开始,她入空门并非自愿,不是了断尘缘自愿遁入空门,而是为命运所迫不得不修行。她本应像宝钗、黛玉这些闺阁小姐一样养尊处优,却不得不小小年纪就长伴青灯古佛,开始了纠结和拧巴的一生。

在第六十三回中,邢岫烟说妙玉"僧不僧,俗不俗,女不女,男不男",可谓是点中了妙玉拧巴的关键。她虽身在空门却没打算长久出家,只是带发修行;虽文墨极通,却不学经文,与人谈诗谈茶谈老庄;虽是尼姑身份,还留着两个老嬷嬷和一个小丫头服侍;虽是修行之人,却做不到心无杂念,孤高自许比黛玉尤甚。

不知现代影视作品是不是嫌妙玉的生活还不够拧巴,明明人家一个小尼姑,却无一例外地给她一副道姑装扮,搞得很多人隔着屏幕看到"道姑"妙玉时,就感觉双倍地拧巴。

鄙夷世俗又困于世俗

妙玉自称槛外人,即超凡脱俗的自由之人,可是她却时时困顿于世俗之中,从未解脱。

第十七回贾府聘请她到栊翠庵时,最初她是拒绝的:"侯门公府,必以贵势压人,我再不去的。"像贾府这样的人家,俗人固然是趋之若鹜,但妙玉也并非超凡脱俗,她在意的是侯门公府是否以贵势压人,讲究的是一种世俗礼节。在贾府下了帖子又遣人备轿后,表达了诚挚的敬意并展示了周到的礼节后,妙玉就不再计较什么侯门公府了,从此进驻大观园的栊翠庵。

众人知道妙玉"为人孤僻,不合时宜,万人不入他目",但她清楚地记得宝玉的生日、贾母爱喝的茶。她做不到众生平等,脱不了世俗杂念,看人摆茶器,妙玉的每一件茶器都价值不菲,稀世珍宝。在第四十一回中,众人在栊翠庵喝茶时,宝玉说自己拿到的茶器是"俗器",妙玉立刻回道:"这是俗器?不是我说狂话,只怕你家里未必找的出这么一个俗器来呢。"

这傲娇的劲儿以及对物品价值的执着,让我们看到一个努力高雅又特别在意世俗评价的妙玉,她做不到宝玉所说的"世法平等",也不愿做宝玉口中的"随乡入乡"。就像栊翠庵一样,本为佛门清净之地,却要处在烟火味十足的大观园中,连它的红梅花都会被俗人惦记,她自身又怎能逃脱世俗的羁绊?

远离红尘又眷恋红尘

妙玉做不到看破红尘,因为她缺少一个看破的过程。

在第十七回中,林之孝家的向王夫人推荐妙玉时,这么说:"这位姑娘自小多病,买了许多替身儿皆不中用,足的这位姑娘亲自入了空门,方才好了,所以带发修行,今年才十八岁,法名妙玉。"妙玉到贾府来时是十八岁,那么妙玉亲自入空门时是几岁呢?

在第六十三回中,邢岫烟和宝玉回忆了她与宝玉相识的过程:"我家原寒素,赁房居住,就赁的是他庙里的房子,住了十年,无事到他庙里去作伴"。妙玉到贾府时林之孝家的介绍是十八岁,之前和邢岫烟在蟠香寺庙里作伴了十年,那妙玉至少也得在八岁就出家了。一个八岁（很可能更小）的女孩，尚未经历世事就已被带入佛门清修，从此外面的烟火与她无关，外界的风月与她无关，外界的时光与她无关，这何尝不是一个女孩人生最大的缺憾！

十八岁带发修行的妙玉也仍是妙龄芳华的青春少女，外面的世界她从未涉足，她想挣脱现实环境，却记得父母的叮嘱、师父的遗言，她想栖身佛法，却满眼看到的是大观园的青春年华，她想戒嗔戒贪戒痴，却从来不知道嗔贪痴是什么！

"行到水穷处，坐看云起时"，那前提是行到水穷处，经历过世事变幻、风起云涌再追求云淡风轻，那是一种境界，而未经风雨就做温室的花朵，那得靠命。

偏偏妙玉又不甘于命，她用自己的方式与命运较劲儿。身居栊翠庵眼望大观园，她扔掉刘姥姥仅用过一次的茶杯，转身就可以与宝玉共用一个茶杯。只是她还不够勇敢，做不到与命运彻底决裂，她给宝玉送生日帖子上还要用署名"槛外人"的别号。其实一切看似放诞诡僻的行为的背后，掩盖的就是一颗眷恋红尘的火热之心。

未经世事的妙玉终是踏入了红尘，青灯古殿固然辜负了她的青春年华，可是红尘中的险恶肮脏又岂能如她所愿，当一切物是人非，再回想人生初见，却已回不去了。

若她涉世未深，就带她看尽人间繁华；若她心已沧桑，就带她坐旋转木马。妙玉拧巴的人生就在于涉世未深时，无人带她看人间繁华，待她历经人间沧桑时，也不会有人带她坐旋转木马。

尤氏藏污纳垢的人生

生命给了尤氏一袭华美的袍,上面却爬满了虱子。也正是这些"虱子"培养了尤氏独特的生存智慧。

老公贾珍是宁国府的当家人、整个贾家的族长,儿子贾蓉是五品龙禁尉,尤氏自己是宁国府当家大奶奶。偌大的宁国府,无公婆刁难,无姑嫂倾轧,这袭华美的袍实在是风光无限,羡煞他人。可是连宁国府最低等的下人,都无法容忍袍上爬满的虱子,而尤氏能忍,她似乎很能接受这藏污纳垢的人生。

尤氏的出身并不高,她父亲能续弦一个拖着两个女儿的尤老娘,可见尤家并非高门大户。尤氏能嫁入宁国府,除了贾珍不按套路出牌的个性之外,主要原因就是尤氏也是贾珍的继室。在第六十八回中,凤姐大闹宁国府时骂贾蓉:"不知天有多高,地有多厚,成日家调三窝四,干出这些没脸面没王法败家破业的营生。你死了的娘阴灵也不容你,祖宗也不容,还敢来劝我!"可知贾蓉的娘早逝,尤氏嫁与贾珍有两种可能:一种可能是贾珍原配死后续娶了尤氏,另一种可能是尤氏本就是贾珍的妾室,原配死了后被扶正。不过无论哪种情况,尤氏都算是嫁入豪门。

嫁入豪门的尤氏在享受豪门生活的同时,必须接受豪门里不足为外人所道的生存法则。

嫁入豪门可以靠颜值,生活于豪门却不能仅靠颜值。贾珍娶老婆、儿媳都不注重门第,但风流好色的他一定很注重相貌,故推断尤氏肯定长得不差。尤家虽不算富裕,也并非普通平民,尤氏有良好教养,又有漂亮的脸蛋,如果嫁入一个普通的殷实之家,一生衣食无忧也不无可能。奈何她嫁的是贾珍,奈何贾珍荒淫无度姬妾众多,他身边最不缺的就是漂亮的脸蛋。

尤氏有良好的教养,她的洁身自好和善良品格让她在污浊的宁国府里活成了一股清流。尤氏的善良之德是显而易见的,父亲死后,她依然照顾着与自己完全没有血缘关系的尤老娘及尤氏姐妹,她能容忍好酒、懒惰的焦大,维护犯了错的入画,善意筹划十二戏子的将来,即便人人都不屑的赵姨娘、周姨娘,她也尽力释放善意,她的善良让每一个接触过她的底层人都感受到温暖。

然而在"上上下下都是富贵眼睛"的贾家,尤氏的德却常常被人视为软弱。焦大敢在酒后醉骂,李纨的丫鬟素云敢直接拿自己的胭粉给她使用,捧水的小丫鬟炒豆儿敢在她面前不恭敬,伺候添饭的人敢给她添下人吃的白米饭……尤氏清楚,善良可以让她做个人畜无害的尤氏,却不能保她宁国府大奶奶的位置。

不能靠颜值为爱情保鲜,不能靠德行为婚姻上锁,顺从老公是

第三篇 《红楼梦》里悲薄命

尤氏最自然的选择。在贾珍的胡作非为面前,尤氏就像凤姐所骂她的那样:"你又没才干,又没口齿,锯了嘴子的葫芦,就只会一味瞎小心图贤良的名儿。总是他们也不怕你,也不听你。"丈夫与儿媳有染,她选择了忍;丈夫和儿子同娘家两个妹妹乱来,她也忍;贾珍假借习射为由,"公然斗叶掷骰,放头开局,夜赌起来",尤氏早已风闻,却没有劝止,还悄悄地来至窗下偷听,最终也仍然选择了忍;小姑子惜春以清白之身表明与宁国府绝交,她更是毫无办法,只能忍。

有德有貌的尤氏无法自主选择,也无法自主离开,在脏得"只剩石狮子干净"的宁国府,在"人渣"丈夫身边,她隐忍地过着藏污纳垢的生活。

然而,忍就能解决问题吗?

秦可卿的丧事,尤氏尚可装病逃避,贾琏偷娶尤二姐一事上,尤氏却无处可逃。在第六十八回中,当凤姐找上尤二姐时,尤二姐一句"奴家年轻,一从到了这里,诸事皆系家母和家姐商议主张",就把天大的屎盆子扣在了尤氏头上。当凤姐找上宁国府时,最该担当的贾珍脚底抹油麻溜地跑了,可怜无辜的尤氏和无能的贾蓉被强势又强理的凤姐揉搓羞辱,颜面尽失,当了一回凤姐的出气筒。但凡尤氏有个有担当的老公,有个强硬的娘家,或有个亲生儿女撑门立户,她都不会落到这种地步。

豪门深渊不见底,靠谁不如靠自己。练就自己的才华是尤氏没有选择的选择。

被生活压迫过的人，骨子里都是人间清醒。

尤氏的才华和善良同样是显而易见的。在第十四回中，当璜大奶奶气势汹汹找上门评理时，尤氏用一堆拉家常的话就让璜大奶奶的"方才在他嫂子家的那一团要向秦氏理论的盛气，早吓的都丢在爪哇国去了"。在第四十三回中，尤氏一手操办凤姐的生日，"十分热闹，不但有戏，连耍百戏并说书的男女先儿全有"，合府交口称赞。在第六十三回中，贾敬去世时，"贾珍父子并贾琏等皆不在家，一时竟没个着己的男子来"，再加上"荣府中凤姐儿出不来，李纨又照顾姊妹，宝玉不识事体"，尤氏一个人撑起了贾敬后事的所有事务，上演了一出"死金丹独艳理亲丧"的漂亮戏份，贾珍听了整个事件汇报后都称赞不绝，连说了几个"妥当"。

尤氏的才华让她在贾府中立稳了脚跟，她迎合贾母、体恤下人，出入于宫廷之中，应对于姑嫂之间。宁国府当家大奶奶的位置，不是谁施舍给她的，是她自己挣来的！

不能靠老公遮挡风雨，不能靠娘家撑腰，不能靠家产傍身，也不能靠儿女倚仗，造就了尤氏出色的管家才能和八面玲珑的生存智慧。

黛玉和袭人的PK

黛玉一直认为她和袭人是可以共处的。

黛玉一直防备的人是宝钗。

毕竟在宝钗来之前,宝黛的二人世界是"日则同行同坐,夜则同息同止,真是言和意顺,略无参商"。来了个宝钗,贾府上下人人都夸宝钗"行为豁达,随分从时"。与宝钗的大得人心相比,黛玉则是"孤高自许,目无下尘"。

是黛玉太不懂事了吗?除却个人性格、未经世故等原因外,黛玉确实有孤傲的资本。

书中第二回就交代黛玉老爸林如海身为巡盐御史,那是皇上的钦差,有着极大的权力,管的是富得流油的盐商。而且林如海还是科第出身,被这么一个有权有钱又有才的老爸宠着,从小接受"学霸+考霸"的贾雨村一对一私教,黛玉本身又极聪慧,学习能力极强,模样又极标致,气度极不凡。这样的黛玉,有人惹她不高兴,她不毒舌回怼,还要体贴下人,那还是正常的人吗?

不过黛玉的心再孤高,她也不能不在乎宝玉,她可以与全天下为敌,却唯独不能失去宝玉。如今来了个人人都夸的宝钗,而且天天戴着个大金锁在贾府中晃荡,府里上上下下都流传着金玉良缘的传说,加之她还有亲妈、亲哥、亲姨娘助力,宝哥哥又常常见了姐姐忘了妹妹,黛玉的危机感当然会爆棚,宝钗自然成为黛玉吃醋的头号对象。

黛玉不仅会关注宝钗与宝玉的关系,还关注湘云与宝玉的关系。毕竟在黛玉到贾府之前,在贾府里住着的是湘云,按照宝玉的心性,湘云和宝玉也肯定曾经是"同行同坐,同息同止,言和意顺,略无参商"。所以看到宝玉着急来见湘云,她也会吐几句酸话,打趣湘云的大舌头。黛玉甚至会生气张道士口中随意的一句提亲,她只是在维护自己生命中最重要的权利而已,维护得小心翼翼,特别是在老爸去世之后,黛玉的维权之路变得异常艰难。

黛玉的维权之路上,从没有对袭人设防。

在黛玉眼中,她和袭人完全是两个层面的人。黛玉是主子小姐,袭人是丫鬟奴仆,从地位、才华到相貌、家世等各方面,袭人都不可能成为黛玉平视的人。哪怕袭人早早爬了宝玉的床,那也只能是早早占据了宝玉的妾室的位置,至于宝玉正妻的位置,袭人连想的资格都没有。

所以在袭人和晴雯吵架时,黛玉会帮袭人说话,叫袭人"嫂子";在袭人回家为母奔丧时,念叨"袭人到底多早晚回来"。袭人对宝玉的衣食照顾之周全黛玉是看在眼里记在心里的,宝玉需要

第三篇 《红楼梦》里悲薄命

袭人,黛玉也从没有排斥过袭人。黛玉觉得,袭人和她完全没有利益冲突。

然而,不要黛玉觉得,而要袭人觉得。

袭人不可能做宝玉的正妻,但谁是宝玉的正妻对她却很重要。

最初袭人对宝钗、黛玉、湘云都是不满的。在第二十一回中,湘云来了,宝玉与湘云、黛玉玩到半夜,一大早又跑去黛玉房中。偏巧一大早宝钗也来了,袭人便赌气抱怨道:"姊妹们和气,也有个分寸礼节,也没个黑家白日闹的!凭人怎么劝,都是耳旁风。"这时的宝玉、黛玉还没有搬入大观园,还是和贾母一起住的,宝玉房中打破一个杯子的声音都会惊动贾母,如果宝玉他们真的黑家白日闹,贾母怎么可能不约束?反而是袭人这个暗中连宝玉床都敢爬的人,现在却指责姐妹们和宝玉玩得没有分寸,真令人可笑。

聪明如宝钗,当然明白袭人的心思,宝钗一步步地经营,让袭人看清楚,你自己做不了宝二奶奶,但是你可以选一个最有利于自己的人做宝二奶奶。

宝钗和袭人终究是不同的。

在第三十六回中,宝玉梦中喊出木石前盟的话后,宝钗已经看清了黛玉的分量。宝钗的学识、教养、品格和骄傲都不允许她暗中伤害黛玉。甚至可以说,如果不是家族的责任和无奈,她一定会成全宝玉和黛玉。这是宝钗的可贵之处。

在第三十二回中,宝玉错把袭人当黛玉,失神之际说了一番爱情表白。与宝钗一样,袭人也无意中得知了宝玉心底的情感私密,但与宝钗不同,她选择了向王夫人告密。袭人原本是贾母的丫鬟,把她指派给宝玉也是贾母的意思,袭人不去找贾母却投向了王夫人,说明她已站队宝钗。她自己不可能是宝玉的正妻,但绝不能让黛玉成为宝玉的正妻。

袭人看不清楚的是,没有黛玉,别说做宝玉的妾,她连宝玉这个人都留不住。

黛玉看不清楚的是,袭人不可能是竞争对手,却可以成为合作伙伴。

有时候,破坏竞争规则的,并不是和你站在同一水平线的人,而很有可能是你完全忽略的人。

袭人：我曾那么接近幸福

袭人曾那么接近幸福，却终究还是差了那么一步。

袭人是从小被父母卖到贾府的，家中有父母兄长，还经常被父母接回家去住两天。小时候家里太穷被父母卖到贾府做丫鬟本是件很不幸的事，所幸的是贾府是慈善宽厚之家。袭人运气也不错，先是侍奉贾母，在第三回中说，"贾母因溺爱宝玉，生恐宝玉之婢无竭力尽忠之人，素喜袭人心地纯良，克尽职任，遂与了宝玉"。

能在贾府当差就是件很体面的事。用凤姐的话说："便是我们的丫头，比人家的小姐还强呢。"黛玉从小也听母亲说过外祖母家与别家不同，初入贾府黛玉就看出来贾府里的"几个三等仆妇，吃穿用度，已是不凡了"。而袭人不仅是贾府里的丫鬟，还是宝玉跟前的一等大丫鬟，这就相当于一个出身寒门的学子刚毕业就入职了某知名上市公司，还碰巧做了高管的大秘。仅这职位的头衔就足够家里人在村里炫耀一番了。袭人也因此可以在娘家人面前挺直腰杆说话，可以在表姊妹跟前展现自己满满的幸福感。

可是袭人真的幸福吗？在贾府，袭人确实是个忠仆，她"服侍贾母时，心中眼中只有一个贾母；如今服侍宝玉，心中眼中又只有一个宝玉"。袭人工作起来谨慎周全、细致入微,也让上司十分满意,而宝玉身边并不缺乏像她这样的丫鬟。同样谨慎尽职的麝月,伶牙俐齿的秋纹碧痕,美得没朋友的晴雯,府外还有很多人觊觎着要把女儿塞进来。没有出色的相貌,没有无可取代的技能,也没有家世帮衬,要在这些人中出类拔萃谈何容易,所以说袭人的幸福之路其实还有很长。

凤姐说:"拼着一身剐,敢把皇帝拉下马。"应付宝玉这样的人,根本用不着拼着一身剐,袭人虽比不上晴雯的容貌,却也能入宝玉的眼,"宝玉亦素喜袭人柔媚娇俏"。在第六回中,趁着宝玉的春梦之余,袭人与他偷试了云雨情,于是袭人成了宝玉性启蒙的第一人,"自此宝玉视袭人更比别个不同,袭人待宝玉更为尽心"。袭人也由此离幸福生活更近了一步。

然而,袭人深知偷试云雨情这种行为在贾府是见不得光的。王夫人天天担心宝玉被丫头们勾引坏了,金钏只是和宝玉轻浮地开了个玩笑就被王夫人赶出了贾府,袭人此举一旦被捅破,她无疑是死路一条。所以,晴雯内心对袭人的行为是很不以为然的。在第三十一回中,晴雯还当众奚落她:"明公正道,连个姑娘还没挣上去呢,也不过和我似的,那里就称上'我们'了!"袭人对晴雯的奚落嘲讽无言以对,但她毕竟不是"顾前不顾后"的晴雯,她对美好生活的向往与追求从没停止,接下来她该怎么办呢?

勤能补拙,功在不舍。

第三篇 《红楼梦》里悲薄命

晴雯是怡红院里长得最漂亮,针线活儿也最好的丫鬟。在第七十八回中,贾母夸赞晴雯:"这些丫头的模样爽利言谈针线多不及他,将来只他还可以给宝玉使唤得。"可是晴雯的巧架不住晴雯的懒。直到晴雯死,展现她技能的也只有病补雀金裘那么一次。宝玉日常穿的鞋啊衣啊,都是袭人做的,袭人不会做,找湘云帮忙找宝钗帮忙,也没找过晴雯,反倒是说晴雯:"我烦你做个什么,把你懒的横针不拈,竖线不动。一般也不是我的私活烦你,横竖都是他怕,你就都不肯做。"所以尽管晴雯有别人无可取代的针线技能,而别人看到的却是袭人天天在做针线活儿。

除了针线活儿,宝玉的日常生活起居也离不开袭人。明明怡红院还有那么多丫鬟,袭人回娘家几天,她连给别人打赏的银子数量都拿不准,宝玉夜里叫人也没人快速回应,连黛玉都不无担心地问:"袭人到底多早晚回来。"

凭借坚持不懈的勤劳付出,袭人成功把自己打造成了贾府上下认定的陪宝玉一辈子的人。鸳鸯当众人面叫道:"袭人,你出来瞧瞧。你跟他一辈子,也不劝劝,还这么着。"黛玉说她:"你说你是丫头,我只拿你当嫂子待。"就连宝玉吃酒场合,薛蟠都会说出"袭人可不是宝贝是什么"这样的话来。袭人最终不负众望,得到了王夫人多加一两银子的认可,成为王夫人认定的宝玉妾室的不二人选。

只是袭人没有想到,直到她离开贾府,她也就是个宝玉妾室的人选而已。

贫寒女子的绝世美貌

美貌是命运赐予女子的厚礼,但是对于贫寒出身的女孩子,拥有绝世美貌不一定是幸运,也可能是悲剧的开始。

尤氏姐妹:眼界撑不起的美貌

尤氏姐妹长得有多美?贾琏、贾珍、贾蓉这些见一个爱一个的人的评价可以忽略不计。

在第六十六回中,宝玉评价尤氏姐妹是"真真一对尤物",他向柳湘莲推荐尤三姐时说:"大喜,大喜!难得这个标致人,果然是个古今绝色,堪配你之为人。"至于尤二姐,书中说她是个"花为肠肚雪作肌肤的人",她凭美貌就让贾琏对她一见钟情、不计过往,凤姐把她引入贾府后,"众人见他标致和悦,无不称扬"。就连贾府的审美天花板贾母也称她"竟是个齐全孩子"。有着这么多人共同点赞,可以说尤氏姐妹的美貌是有目共睹的。

然而,尤氏姐妹的美貌不仅有目共睹,而且有耳共闻。在那个年代,女子未出阁就"名声"在外可不是什么好事,何况尤氏姐妹的出名是妥妥地靠脸蛋吃饭。

穷人家的女孩,容貌越出众,所要面对的诱惑就越多。尤氏姐妹二人未出阁就混迹于宁国府,见识了贾珍等人纸醉金迷的生活,这是她们从没有看过的世界,与贾珍贾蓉父子都有着实锤的秽乱关系,贾蓉和贾琏几句话就骗得她们以为人生到了高潮。尤二姐被凤姐接入贾府,她既没有能力斗凤姐,也没有能力哄贾琏,连个稍刁蛮一点的下人都治不住,她所能靠的只有自己的美貌,只可惜美貌在贾琏身边是最不缺的。

尤氏姐妹的悲剧有其母亲的愚蠢,有其自我的堕落,更重要的原因在于姐妹二人只有美貌。美貌催生了尤氏姐妹的不劳而获,却忘记了任何事情在生命中都是有标价的。

秦可卿:性格撑不起的美貌

秦可卿长得有多美?太虚幻境里的判词说她"擅风情,秉月貌",在第五回中,贾母盛赞她"生的袅娜纤巧,行事又温柔和平,乃重孙媳中第一个得意之人"。在第七回中,书中又借周瑞家的夸香菱的机会赞了秦可卿:"倒好个模样儿,竟有些像咱们东府里蓉大奶奶的品格儿。"

因长得美,秦可卿在众人眼中也算嫁得好。可是,秦可卿的悲剧也正源于她的美貌。

如果不是长得美,她可能压根不会成为宁国府的孙媳妇人选。秦可卿的父亲只是一个小官,家境贫寒到给儿子请个家庭教师的钱都拿不出。而且,秦可卿还是秦家在养生堂抱养的一个弃婴,这样看来,秦可卿的出身与宁国府怎么也算不上般配。没有家世,那秦可卿的容貌很可能是她得以嫁入宁国府的唯一原因。

因为长得太美,她不仅成了贾蓉的妻,也成了公公贾珍觊觎的对象,她依靠不了贾蓉,也拒绝不了贾珍。更重要的是,娘家还有年老双亲、年幼的弟弟。她不能对娘家人说不,那是忘本;也不能对婆家人说不,那需要底气。绝世容颜是命运给她的厚待,也是她所不能承受的重担。与贾珍的乱伦事件被捅破是压垮她的最后一根稻草,美貌于她是毁灭,于宁国府是败家的根本。

晴雯:智慧撑不起的美貌

晴雯长得有多美?王夫人说她:"水蛇腰、削肩膀、眉眼又有些像你林妹妹的。"凤姐说她:"若论这些丫头们,共总比起来,都没晴雯生得好。"宝玉赞她"其为质则金玉不足喻其贵,其为性则冰雪不足喻其洁,其为神则星日不足喻其精,其为貌则花月不足喻其色"。贾母也赞晴雯:"这些丫头的模样爽利言谈针线多不及他,将来只他还可以给宝玉使唤得。"可见,晴雯是大家公认的美女。

因为长得美,晴雯获得了比其他人更多的发展机会。在第七十七回中说晴雯原本是赖大家的用银子买的,因长得美,赖嬷嬷就把她送给了贾母,贾母见她伶俐手巧,又把她给了宝玉,成了贾母心中宝玉小妾的候选人。至此为止,晴雯的美貌都是她的加分项,她虽然从小命不好,可是运还是不错的。

美貌在给晴雯带来好运的同时,也让她忘记了在贾府中生存是需要智慧的。在怡红院里,晴雯是最懒的。袭人说过她:"我烦你做个什么,把你懒的横针不拈,竖线不动。"麝月也说过她:"你今儿别装小姐了,我劝你也动一动儿。"懒之外晴雯还骄纵,就算是面对宝玉,她也绝不吃哑巴亏,教训小丫头、怼起老嬷嬷们来更是毫不避讳,给自己树了多少敌人也不自知。第七十四回中,抄检大观园时,王善保家的就在王夫人面前告状:"太太不知道,一个宝玉屋里的晴雯,那丫头仗着他生的模样儿比别人标致些,又生了一张巧嘴,天天打扮的像个西施的样子,在人跟前能说惯道,掐尖要强。一句话不投机,他就立起两个骚眼睛来骂人,妖妖趫趫,大不成个体统。"连邢夫人跟前的王善保家的都暗中说她坏话,这晴雯在贾府是多么不讨人喜欢。

作为一个生活在贾府中的底层的女子,晴雯既不懂生存智慧,也不会规划人生,本以为凭借美貌就能过一生的寄附生活,但出众的颜值于她却是一场灾难。

生于普通家庭的女孩子们，如果你生来貌美，那确实是一开始就抓了一把好牌，但一定要懂得美貌这张牌不能单出，即便抓了一张"大王"，一旦碰上别人只出"对子"，你也必输无疑。

司棋一步一步走入死棋

"二木头"迎春把自己活成了棋子,而她的丫鬟司棋却是个胆大泼辣的女孩儿,她行事果断敢做敢当,可在人生的棋盘上,她一步一步走入死棋。

暴烈的司棋只顾走自己的路

不知是否是见惯了自家小姐软弱被人欺的场面,与其他房中的丫鬟相比,司棋的脾气格外地暴烈,行事格外地果敢,当然得罪的人也就格外地多了。

大观园里设了专供宝玉和姐妹们吃饭的小厨房,管厨房的柳家媳妇是个拜高踩低的人,秉持着有的人来了有好菜,有的人来了有嘴炮的原则。迎春小姐是个"二木头",戳一针也不知"嗳哟"一声,柳家媳妇就以为对待迎春手下的丫鬟也一样可以敷衍了事。在第六十一回中提到司棋想吃个豆腐,管厨房的柳家媳妇就弄了些馊的,司棋要吃个炖鸡蛋,她直接说鸡蛋没了。被小丫头莲花翻出鸡蛋来,柳家媳妇又夹枪带棒说了一箩筐的话,最终还是不给司棋做。

有的人,你跟他讲道理,他跟你耍流氓;你跟他耍流氓,他跟你讲规则。司棋人狠话不多,看不惯就开撕,信奉拳头才是硬道理。她带了小丫头过来把小厨房砸了个七荤八素,后来柳家媳妇让人把蛋蒸好送来了,司棋接了直接泼在地上。

做事留一线,日后好相见。虽说柳家媳妇见人下菜碟有错在先,可是这些做事的婆子媳妇谁没个沾亲带故的好友。司棋带人打砸小厨房,而后又因此牵连出玫瑰露及小厨房人事风波,暗地里惹怒了多少媳妇,得罪了多少婆子,招了多少人恨,司棋就不自知了。

刚过易折,刚烈而恣意的司棋只顾走自己的路,而且是一条道走到黑,从来不懂得迁回。

胆大的司棋只顾走眼前的路

贾府的丫鬟婚配有三条路:配小子、被主子看上收房、到年龄放出去自由婚配。"高大丰壮"的司棋不属于美女系列,被主子看上收房的可能性比较小;被放出去自由婚配的一般需要有非常坚实的后台,比如周瑞家的女儿。司棋虽有一堆亲戚在贾府当差,但最大的依靠也不过是她姥娘——邢夫人陪房王善保家的,邢夫人在贾府本就没有多少权力,王善保家的更没话语权,司棋想依靠王善保家的得自由身的可能性几乎没有。所以司棋的终身基本只有一种可能,就是到了年龄配个小子。

好在与司棋私订终身的表哥潘又安也是贾府的小厮,虽说放出去自由婚配的可能性不大,但是依靠他们在贾府的一大堆关系,求主子成全二人好事也不是不可能。在爱情面前,"高大丰壮"行事果敢的司棋秒变傻白甜,她完全不考虑什么清规戒律,不仅与潘表哥交换信物,还深夜把潘表哥带入园中幽会,偷尝禁果。

大观园里住着的全是未出阁的众姐妹,司棋这种行为若被人发现,别说迎春护不了她,就是十个探春也保不了她。幸运的是撞破他们私情的人是心地纯良的鸳鸯,鸳鸯不仅没有揭发她,还当面与她发誓不会告密,并温柔劝慰她,丑事才涉险被按住。

漫漫人生路,关键的就是那么几步。当司棋把自己的人生全盘交付爱情的时候,就已经没有退路了。将来会有多少泪,现在脑子里就有多少水。

坚强的司棋最后走投无路

司棋不愧是坚强有主见的人,与潘表哥的私情被鸳鸯撞破,虽有悔意,却也并非畏首畏尾的人,她对自己的未来还是有坚定信心的。在第七十四回抄检大观园时,她和潘表哥的定情之物与书信被公之于众，她也是"低头不语，也并无畏惧惭愧之意"，其胆识令凤姐都纳罕不已。

司棋之所以有这样的胆识，原因在于她心中还相信爱情。即使潘又安在他们私情被撞破的第一时间就遁逃了，她也相信他还是会回来的。所以，她存着心中的希望，病急乱投医地求迎春、求宝玉，求各路婶子大娘。迎春是个连自己的累丝金凤都保不住的懦弱小姐，如何能保得住她？宝玉连个和她调情两句的金钏都救不了，如何能救得了她？那些婶子大娘们本就对她平日的行为不满，如何肯听她求情？

王夫人其实还是给司棋留了一条生路的，她并没有把司棋随便配人，而且允许司棋妈为司棋自由婚配，所以走出贾府的司棋不会像金钏那样自寻短见，她至少还有爱情。司棋相信全世界都可以放弃，都可以忘记，只要有表哥在，就是生命的奇迹。

司棋的爱情没有能等来奇迹，她寄予厚望的爱情不是童话，而是个笑话。曾经为爱痴狂，最后遍体鳞伤。潘表哥和司棋的事情被鸳鸯撞破的第一时间他就自顾逃了，他的心里是没有司棋的。在司棋的爱情观里，"纵是闹了出来，也该死在一处"。在潘表哥的爱情观里，智者不入爱河，王八不吃秤砣。

一着不慎，满盘皆输。司棋的结局是死棋，因为她根本无路可走。

没有平台,平儿也就平常

平儿是凤姐的陪嫁丫头,也是贾琏的通房丫鬟。在整个贾府,这是个最难的生存平台。事因其难,所以可贵,平儿也成了贾府中最可贵的丫头。

在第六十五回中,兴儿给尤二姐详细聊了贾琏房里的人和事。凤姐的陪嫁丫头一共有四个,贾琏未婚前屋里服侍的丫头也有两个,可是在凤姐嫁过来后,除了平儿,全都"嫁人的嫁人,死的死了",平儿是凤姐手下留情仅剩的唯一人选。留下平儿,对凤姐是有好处的,"一则显他贤良名儿,二则又拴爷的心,好不外头走邪的"。再者就是,平儿自身"也不会挑妻窝夫的,倒一味忠心赤胆服侍他"。天时、地利、人和,平儿就成了天选的凤姐助理和心腹。

平台得来不易,站稳还需努力。平儿尽心尽责地服侍着贾琏夫妻,在第四十六回中,宝玉赞她"独自一人,供应贾琏夫妇二人。贾琏之俗,凤姐之威,他竟能周全妥帖"。李纨赞她是凤姐的总钥匙,"凤丫头就是楚霸王,也得这两只膀子好举千斤鼎"。凤姐要讨好,贾琏也不能得罪,平儿不仅要替凤姐隐瞒私事,还要替贾琏隐瞒丑事,凤姐施威却不懂得施恩,贾琏好色却不懂得怜惜,周旋于凤姐和贾琏两口子之间,犹如高空走钢丝,步步惊心。

平台不是平路,眼前没有坦途。宝玉说平儿比黛玉还要薄命,此言不虚。平儿的一生遭遇和香菱一样让人伤感,她不知自己姓甚名谁,也无父母兄弟倚仗。她无法像袭人那样府外有家人,进可攻退可守;也不像鸳鸯、小红那样,府内有父母亲人相互照应;她甚至不能像普通的丫鬟那样配个小子,谋划自己的家庭人生。

平儿所能依赖的就是自己的努力,努力让自己变优秀,努力让自己发光发热,努力让自己在夹缝中赢得生存空间。她帮助凤姐打理着繁杂的贾府事务,周旋于形形色色的人物之中,兢兢业业做事,本本分分做人。她优秀的才干赢得了凤姐的器重和贾琏的尊重。

平台无限风光,最能考验智商。凤姐的心腹助手标签给了平儿无限风光,在下人面前,平儿大权在握,哪个婆子丫鬟见到她都得讨好巴结;在外人眼里,她绫罗绸缎,过着人人艳羡的上层生活。无限的人前风光,让很多人只看到了平儿的才干,却忽视了平儿站立的地方。

与贾琏偷情的鲍二家的建议贾琏"倒是把平儿扶了正,只怕还好些"。李纨帮平儿抱打不平,贬损凤姐"给平儿拾鞋也不要,你们两个只该换一个过子才是"。好在平儿没有头脑发热,她很清醒地知道,没有凤姐,她就是个默默无闻的丫头,凤姐若不给她空间,她

第三篇 《红楼梦》里悲薄命

就算再有才华也无处施展。

平台不是保险,随时准备打脸。平儿对自己的处境有着清醒的认识,她知道凤姐的底线,也明白自己的弱势,她懂得隐忍退让求自保,也懂得坚持原则处事公允。她知道自己所处的位置并不是保险箱,便努力学习身处其中的长久之道。可即便清醒如平儿,也没有想到打脸只是一瞬间的事。

在第四十四回中,凤姐生日当天因撞破贾琏偷情气炸,贾琏发怒,平儿就成了二人的出气筒。二人双打平儿,他们夫妻用实际行动告诉人们,无论平儿多么努力,多么尽责,多么被认可,只需要一个瞬间,主子就会把她打回原形——现实而又残酷的原形:平儿其实只是个丫头!

而且平儿努力争取的平台也不是所有人都看好的平台,比如探春。探春理家时被管家媳妇吴新登家的等人故意刁难,平儿就成了探春立威的好靶子。探春当着众人的面驳斥平儿,任由平儿帮自己挽袖子、卸镯子、洗脸吃饭,她甚至毫不客气地指派平儿去催要宝钗的饭菜。探春用平儿摆足了架子,立足了威风,实际上就是告诉人们:平儿在我面前就是个丫头!

平儿的平台是凤姐给的,平儿的困境也是凤姐造成的。

没有凤姐给的平台,平儿也就是个平常的丫头。贾府再平常的丫头,最不济也是配个小子,凭借平儿的聪明才干和善良品德,三代之后焉知不是又一个"赖嬷嬷"呢。

处在凤姐给的平台上,平儿成了非一般的丫头。凤姐给她遍身绫罗,却给不了她温情呵护;凤姐给她虚幻的光鲜,却给不了她明确的希望。聚光灯下,平儿既把握不了当下,也看不清未来。

蔷薇花下的爱情需要阳光

人间四月芳菲尽,蔷薇花的花期却从四月才开始。五月的蔷薇,枝叶茂盛、花团锦簇,正如龄官爱贾蔷,热烈真挚,却又注定爱得辛苦,爱得孤独。

龄官与黛玉不仅形似貌似,而且神似。从长相上来说,她"眉蹙春山,眼颦秋水,面薄腰纤,袅袅婷婷,大有林黛玉之态"。正因此宝钗生日宴上,凤姐会调侃她扮相活像黛玉。在十二戏子中,龄官的唱腔是最好的,元妃省亲宴上点了四出戏,元妃独独点名打赏了龄官。龄官脾性又是最孤傲的,她以唱自己的本角之戏为由,拒绝过贾蔷;她以嗓子哑了为由,拒绝过元妃,拒绝过宝玉。这样一个孤高自许的女子,在感情上却独独钟情于贾蔷。

贾蔷虽比不得宝玉集万千宠爱于一身,却也是"宁府中之正派玄孙",他父母双亡后,一直跟着贾珍过活,与贾蓉"弟兄二人最相亲厚,常相共处"。后来虽搬出宁府,贾珍也分与他房舍,自立门户。贾蔷也算聪明能干,不仅完成了"下姑苏聘请教习,采买女孩子,置办乐器行头等事",而且之后筹建大观园梨香院戏班以及排演戏曲节目的重要工作也都由他负责。

这样一个有能耐又得贾珍、贾政信赖的贾府正派儿孙,其婚事岂能不受家族重视和关注?龄官是贾府家养的戏子,在贾府的地位比最低等的下人还不如,贾蔷和龄官之间是云壤之别、天堑鸿沟,望穿秋水也望不到尽头。

活得太清醒的人往往不容易快乐,龄官的痛苦就在于此。人人都知道贾府是豪门阔府,她却把大观园看成冲不破的鸟笼;贾蔷买回来的雀儿,人人都说有趣,她却认为贾蔷是在打趣戏子;人人认为她对贾蔷是任性是无理取闹,只有她知道她爱贾蔷爱到了骨子里。

五月之际,大观园里满耳蝉声,静无人语,只有那一架的蔷薇在肆意绽放。蔷薇花下,龄官独自一人以簪当笔,一笔一画地写了一个又一个"蔷"字,每个"蔷"字都代表着龄官对贾蔷的相思和痴情。她放不下贾蔷,也不能强求贾蔷,他们的爱不容于世俗,也见不得阳光。他们的爱说不得念不得,连用笔写在纸上都不得,只能躲在无人之处,把心事悄悄地写在地上,诉于一架的蔷薇。

然而,蔷薇花是喜爱阳光的,"赤日当空,树阴合地"才是适合蔷薇生长的天气。天不遂人愿,"伏中阴晴不定,片云可以致雨",龄官尚沉浸在心事之中,就遭来一场大雨,大雨冲湿了龄官的衣裳,也冲醒了远处看她的宝玉。

第三篇 《红楼梦》里悲薄命

宝玉从小被贾府众星捧月般地长大，人人以他为中心，导致了宝玉在女儿堆里要风得风要雨得雨，他理所当然地认为所有的女孩都应是围着他转的，而在这一架蔷薇下，他第一次知道，并非所有女孩的眼泪都为他而流，她们终将各有各的爱人，她们的眼泪终将还给自己的爱人。而将来能为他洒泪的人，也许只有黛玉和袭人吧。

可宝玉和黛玉、袭人的感情同样是无法见之于世的。宝玉能对黛玉说"你放心"，却无法将这份情直接诉诸父母，告白于天下。他与袭人冲破了男女之限，却一直维持着见不得人的地下情，哪怕王夫人给袭人加了一两银子月例，也没给袭人一个光明正大的名分。

一场突如其来的大雨让龄官的画蔷梦戛然而止，宝玉的大观园青春梦又需要多大的风雨才能来打破呢？"一年三百六十日，风刀霜剑严相逼"，是黛玉的自白，又何尝不是袭人的煎熬？

黛玉的爱深沉而纯粹，她为还泪而来，泪尽而去，她的爱不容于世，她就离世而去，不将就世俗，不强求世人。

袭人的爱坦诚而顽强，她服侍贾母，眼里只有贾母，服侍宝玉，就眼里只有宝玉，她不拘泥于个人，顺应于世事，她的爱情随季而流转，应时而开花。

龄官的爱绚丽而孤独，她不与群芳争艳，只身静默凝香。花期时任性绽放，花谢时享受孤独。至于她的未来，应该像贾蔷放飞的雀儿，离了牢笼，心中有爱，头顶有阳光。

第四篇
《红楼梦》里叹流年

那年中秋，月亮引发的一段愁

甄士隐终是不知道，那年中秋贾雨村到底愁的是什么？

甄士隐和贾雨村原本应该是这个世界上不可能有交集的两个人。甄士隐家住姑苏城阊门外十里街仁清巷，他家虽不甚富贵，也算是本地望族。他本人"禀性恬淡，不以功名为念，每日只以观花种竹、酌酒吟诗为乐，倒是神仙一流人品"。贾雨村，湖州人氏，欲进京求取功名却因缺路费，只好寄居在甄士隐家旁边的葫芦庙里。如此，乡绅甄士隐和穷书生贾雨村两个原本不可能有交集的人才有机会走到一起。

自打认识之后，甄士隐就常邀贾雨村到家中喝茶聊天。这一天，两人才聊得三五句，家人来报有个"严老爷"来了，那天甄士隐午睡醒时就说是"烈日炎炎，芭蕉冉冉"的天气，这大热的天又来了严（炎）老爷，这不火上浇油嘛，难怪要出事。贾雨村是家中常客，熟不拘礼嘛，甄士隐就先去招待严老爷了，留贾雨村一个人在书房翻诗籍解闷。恰巧这时，看见窗外有一个丫鬟在撷花儿，这丫鬟"生得仪容不俗，眉目清明，虽无十分姿色，却亦有动人之处"。这丫鬟呢,也回头张望了贾雨村两次,就这么多看的两眼,撩动了贾雨村的心,给了穷困的贾雨村无限温暖,在贾雨村的心头种下了一段相思之愁。

转眼到了中秋,"街坊上家家箫管,户户弦歌,当头一轮明月,飞彩凝辉"。贾雨村独自在庙内感叹花好月圆人未圆,心中难解相思苦,又无钱买酒,只能口占律诗一首,对月抒怀:

未卜三生愿,频添一段愁。
闷来时敛额,行去几回头。
自顾风前影,谁堪月下俦?
蟾光如有意,先上玉人楼。

贾雨村这文采还是要赞一下的,一首律诗张口就来,起承转合皆合乎规则,对仗如行云流水,文字功夫相当不错。但是这诗的格调就很难说了。首联说自己抱负未展又有一段相思愁,颔联说那甄家丫鬟看到他离去时回头一两次。颈联和尾联是他自惭形秽、顾影自怜,希望月亮能唤起那丫鬟对他的思念。

贾雨村到甄家去做客,主人好生招待,人家丫鬟也就是猛见房内有陌生人,感到奇怪,便回头多看了他两眼,他就偏把自己的歪念头硬加于人,以为对方对自己有意,还"自为此女子必是个巨眼英雄,风尘中之知己也"。人家甄士隐平时陪茶陪酒陪聊天的都不算知己;这丫鬟回头多看了他几眼,就自把这女子看成知己,且时刻挂在心上,恨不得马上金榜题名高官厚禄,以博得美人之欢心,可谓想入非非,穷酸至极!

可怜那甄士隐并不知道贾雨村这心理历程,他还痴痴地将贾雨村列为家中上席宾客。中秋佳节,自己不在家里好好陪家人,却念着中秋团圆之夜,贾雨村"旅寄僧房,不无寂寥之感",亲到庙里邀贾雨村到家中喝酒。

那天的酒太好,那天的月亮太美。

雨村又对着月亮口占一绝:

时逢三五便团圆,满把晴光护玉栏。

天上一轮才捧出,人间万姓仰头看。

所谓"诗言志",这首咏月亮的诗显示了贾雨村的平生抱负,他就是一心要求取功名,一旦时机成熟,他必会踏入官场,声威赫赫,高居万人之上。甄士隐从这首诗看出贾雨村"必非久居人下者",却看不出贾雨村会为了"居人上"而不择手段、拍马钻营、贪赃枉法、草菅人命,最终连他自己的女儿也会成为贾雨村为居人之上的牺牲品。

那天的酒太好,那天的甄士隐太厚道。

酒喝好了,诗也做了,甄士隐赞也赞了,贾雨村终于说出了心中所求:"若论时尚之学,晚生也或可去充数沽名,只是目今行囊路费一概无措,神京路远,非赖卖字撰文即能到者。"甄士隐不待其说完,即"速封五十两白银,并两套冬衣"奉上。

五十两银子啊,后文刘姥姥第一次到贾府去借钱,王熙凤借给了她二十两银子,而甄士隐给贾雨村的路费,一出手就是五十两银子,这可是一笔巨款。

没有对比就没有伤害。在甄士隐下落不明后,做了高官的贾雨村再次见到甄士隐的家人,给了甄家多少钱呢?甄士隐的老丈人封肃言道:"说了一回话,临走倒送了我二两银子。"

二两银子!贾雨村啊,你可真行!

跟着黛玉进贾府

如果说"冷子兴演说荣国府"是对贾府情况的一次口头白描,那么,"黛玉进贾府"就是对贾府实景进行的一次现场直播。

首先要说明一点的是,"护官符"里"贾不假,白玉为堂金作马"里的贾家,它其实是宁国府和荣国府两个府宅。黛玉要去的是荣国府,而冷子兴演说的重点也是荣国府,但是他们都没有忽略宁国府。

在第二回中,贾雨村和冷子兴的闲谈中提到:"街东是宁国府,街西是荣国府,二宅相连,竟将大半条街占了。"

第三回中,黛玉进入城中从纱窗向外瞧,先路过的是"敕造宁国府",又往西行,不多远,照样也是三间大门,方是荣国府了。

这路线真是前后呼应,一丝不乱。

冷子兴的演说也是先说宁国府"当日宁国公与荣国公是一母同胞弟兄两个。宁公居长,生了四个儿子。宁公死后,贾代化袭了官,也养了两个儿子"。再说荣国府:"自荣公死后,长子贾代善袭了官,娶的也是金陵世勋史侯家的小姐为妻,生了两个儿子:长子贾赦,次子贾政"。这史侯家的小姐就是贾母,即黛玉的外祖母。黛玉从纱窗向外看到宁国府时,想的就是"这是外祖之长房了"。

这辈分也是前后呼应,一丝不乱。

因为两府紧密相连,逢年过节两府要在一起祭祖,平时也常在一起聚会吃饭,宁国府的秦可卿死后,请荣国府的王熙凤来协理家事,荣国府的贾母生病时,宁国府里的贾珍请大夫过来看病等,很多初读红楼的人经常会以为是一个宅子,在此首先请读者分清楚他们其实是两府。

接下来我们来理一下两府的人物关系。

先说宁国府。

宁国府贾代化养了两个儿子,长子贾敷,至八九岁上便死了,次子贾敬袭了官,因一味好道,就让儿子贾珍袭了官。也就是说,宁国府现在是贾珍当家。贾珍现在的老婆是尤氏,贾珍有一子叫贾蓉,贾蓉的老婆就是秦可卿。按冷子兴的评价呢,这贾珍"只一味高乐不了,把宁国府竟翻了过来,也没有人敢来管他"。冷子兴还提到了惜春,她是贾珍的妹妹,但常住在荣国府:"四小姐乃宁府珍爷之胞妹,名唤惜春。因史老夫人极爱孙女,都跟在祖母这边一处读书。"

由于黛玉要进的是荣国府,宁国府只能是在黛玉的眼前一晃而过。我们跟随黛玉的眼睛重点要看的是荣国府。

经过宁国府,向西行不多远,就到了荣国府。黛玉是女眷,又

第四篇 《红楼梦》里叹流年

是个小女孩子,并不适合走正门,所以从西边角门进入,在一垂花门处黛玉下轿,走过抄手游廊、穿堂、插屏、内厅才到了正房大院,进入房中,就是贾母住的地方。

贾母生了两个儿子和一个女儿,大儿子贾赦,二儿子贾政,女儿贾敏。黛玉初次到荣国府,除了见到外祖母外,又一下子见到了两个舅母、三个表姐妹和两个表嫂,这么多人物一齐出现,生怕黛玉分不清,贾母还要充当一回解说人。

贾母一一指与黛玉:"这是你大舅母;这是你二舅母;这是你先珠大哥的媳妇珠大嫂子。"再解释一下,这些人物分别是:大舅母贾赦的老婆邢夫人,二舅母贾政的老婆王夫人,表哥贾珠早逝留下寡嫂李纨。

后来又来了三个姊妹。"第一个肌肤微丰,合中身材,腮凝新荔,鼻腻鹅脂,温柔沉默,观之可亲。第二个削肩细腰,长挑身材,鸭蛋脸面,俊眼修眉,顾盼神飞,文彩精华,见之忘俗。第三个身量未足,形容尚小。其钗环裙袄,三人皆是一样的妆饰。"她们依次分别是迎春、探春和惜春。

最后出场的是王熙凤,她是贾琏的老婆。黛玉曾听母亲说过,"大舅贾赦之子贾琏,娶的就是二舅母王氏之内侄女,自幼假充男儿教养的,学名叫王熙凤"。在后文王夫人忙携黛玉去贾母处吃晚饭时途经一所房室,王夫人告诉黛玉那是王熙凤的住处,这里可以看出凤姐的地位是很特殊的。贾琏本是贾赦的儿子,正常贾琏和凤姐应该和贾赦、邢夫人住在一处,可是凤姐作为王夫人的侄女,替王夫人做着荣国府的管家,所以她这时候是和贾母、王夫人一处住着的。

见了面叙了旧,贾母让黛玉去见两个舅舅。这时我们才知道,贾赦和贾政这两个荣国府的兄弟也并不住在一起。贾母跟着贾政住在荣国府里,老大贾赦则是住在荣国府东面一个黑油大门内的院子,两个院子还有些距离,那黛玉跟着大舅母邢夫人去见大舅贾赦是要坐车的。为什么大儿子贾赦没有和贾母一起住在荣国府正堂,也是很多红学专家探讨的话题,书中没有明说,也许真的就是贾母偏心,喜欢贾政更多一些吧。

黛玉进贾府,就像电影的序幕,镜头掠过之处,有远景,有近景,有人物正出,有人物暗出,序幕被拉开了,好戏才真要登场了。

《红楼梦》里的元宵节

元宵节是个重要的节日,在《红楼梦》里共出现了三次。所谓假作真时真亦假,红楼梦里的元宵节看似热闹异常、花团锦簇,却从来不是欢乐祥和的团圆日子。

在第一回中,第一次元宵节出现在甄家。

一僧一道见到甄士隐抱着英莲时念了四句言词:

惯养娇生笑你痴,菱花空对雪澌澌。
好防佳节元宵后,便是烟消火灭时。

这首诗是英莲命运的预言,预示着英莲的命运在元宵节后会发生重大转折。果不其然,在书中第一次元宵佳节晚上,甄家仆人霍启抱英莲去看社火花灯,英莲被拐子拐跑,命运从此改写,甄家却从此残缺,再没有了团圆。

所以在《红楼梦》里,元宵节一出现就好像不是什么好日子。

第二次元宵节出现在贾家。

甄家的元宵节不是好日子，贾家的元宵节貌似是好日子。

在第十七回中，贾元春被恩准元宵节省亲，为了迎接元妃的到来，贾府大观园内"帐舞蟠龙，帘飞彩凤，金银焕彩，珠宝争辉，鼎焚百合之香，瓶插长春之蕊，静悄无人咳嗽"。及至元春进入园内看到的是："园中香烟缭绕，花彩缤纷，处处灯光相映，时时细乐声喧，说不尽这太平气象，富贵风流。"难得的省亲时间，元妃让宝玉和姐妹们一起作诗，和家人们一起看戏。看似繁花似锦的大团圆场面，遮不住的却是悲音。

元宵节家人团聚了，元妃却说出了痛心的话："田舍之家，虽齑盐布帛，终能聚天伦之乐；今虽富贵已极，骨肉各方，然终无意趣！"意思是普通的老百姓家虽然清贫却能共享天伦之乐，而有了皇妃的贾家却骨肉分离。元春被选入宫那日起，就已经注定了自己的孤独生活，纵然享有滔天的皇恩，也要忍受刻骨的分离之苦。今年可以省亲，明年呢？以后的日日又年年呢？

再者，看似繁花似锦的大观园内却因元妃的到来而静悄地无一人声响，见到贾母等人，贾妃满眼垂泪，"一手搀贾母，一手搀王夫人，三个人满心里皆有许多话，只是俱说不出，只管呜咽对泣"。连围绕在旁边的邢夫人、凤姐和迎春、探春、惜春三姐妹都垂泪无言。这哪有什么合家欢乐的吉祥之感，分明就是骨肉分离之悲伤最极致的表达。

第一个元宵节是甄家骨肉分离的开始，甄家女儿从此不知家在何处；第二个元宵节是贾家骨肉分离中的短暂相聚,贾家女儿有家难回。

第三次元宵节描绘了贾府元宵夜宴图。

在第五十三回中,元宵节晚上贾母命人在大花厅上摆了几席酒,一家人一起吃酒看戏,虽说贾母差人去请众族中男女有不来的,但"当下人虽不全,在家庭间小宴中,数来也算是热闹的了"。可是,在这么其乐融融的团圆之夜,家人不能团圆的悲音却奔涌而出。

先是袭人和鸳鸯的娘都死了,二人抱团取暖。鸳鸯安慰袭人"论理你单身在这里,父母在外头,每年他们东去西来,没个定准,想来你是不能送终的了,偏生今年就死在这里,你倒出去送了终。"当我们在哀叹元春难得回家省亲、英莲家破人亡时,像袭人、鸳鸯这样体面的大丫鬟也是难得和家人见面的,她们甚至不能给父母送终。如此看来那些二等、三等的小丫头的日子岂不是更心酸?

再者这一晚最强烈的悲音来自凤姐说笑话里的元宵节:凤姐一向是家宴气氛的主导,这个元宵节,凤姐讲的笑话却一点儿也不好笑:"一家子也是过正月半,合家赏灯吃酒,真真的热闹非常,祖婆婆、太婆婆、婆婆、媳妇、孙子媳妇、重孙子媳妇、亲孙子、侄孙子、重孙子、灰孙子、滴滴搭搭的孙子、孙女儿、外孙女儿、姨表孙女儿、姑表孙女儿,……嗳哟哟,真好热闹!"当大家以为凤姐要说出什么花样来时,凤姐接着说:"底下就团团的坐了一屋子,吃了一夜酒就散了。"

原本是盼着凤姐说笑话的,听了凤姐的说辞,大家"都怔怔的还等下话,只觉冰冷无味"。这笑话确实一点都不好笑,和眼前贾府团团围坐的一大家子很类似,最后就"散了",难怪大家会觉得冰冷。

凤姐也觉得气氛有点尴尬,接着又说了一个元宵节:"再说一个过正月半的。几个人抬着个房子大的炮仗往城外放去,引了上万的人跟着瞧去。有一个性急的人等不得,便偷着拿香点着了。只听'噗哧'一声,众人哄然一笑都散了。这抬炮仗的人抱怨卖炮仗的扦的不结实,没等放就散了。"

又是一个散了,原本炮仗就预示着瞬间的繁华,和一僧一道说的"好防佳节元宵后,便是烟消火灭时"的意思是一样的,凤姐再补充个散了,更是预示着大团圆的贾府很快就要散了。

世事一场大梦,人生几度秋凉。这次元宵节后,迎春、香菱、晴雯、金钏、司棋一个个相继香消玉殒,这应该离千红一哭、万艳同悲的散伙结局不远了吧。

最后,让我们借香菱的诗替众女儿问一句:博得嫦娥应借问,缘何不使永团圆!

黛玉含酸为哪般？

在第八回中，宝玉和黛玉都到梨香院来探望生病的宝钗，这是宝、黛、钗三人之间的一场直面对手戏，这一回里黛玉话里话外却是夹枪带棒地酸宝玉，醋缸打翻了一屋子，黛玉这般吃醋到底是为何呢？

在宝钗来之前，黛玉既得贾母百般宠爱，又得宝玉万般怜惜，再加上还有个做巡盐御史的老爸在扬州惦记，黛玉那真是眼里有光，心里不慌，做自己的女王，智慧自信放光芒。宝黛二人是"日则同行同坐，夜则同息同止，真是言和意顺，略无参商"。几年美好时光后，宝钗来了，宝钗不仅带着她的金锁来了，还带着人人好奇的"金玉良缘"之说来了。

没有对比就没有伤害，相对于"孤高自许，目下无尘"的黛玉来说，宝钗是"行为豁达，随分从时"，所以，"人多谓黛玉所不及"。这里说的"人"，是否包括宝哥哥呢？

说到这一回探望生病的宝钗，宝钗生病的消息还是第七回周瑞家的给黛玉送宫花时说的，在第八回中，宝玉独自到梨香院来探望宝钗,这说好日则同行同坐,夜则同息同止呢,宝玉怎么就不带着林妹妹一起来探望宝钗呢?

宝玉这一来,可把薛姨妈高兴坏了。宝玉问及宝钗时,薛姨妈并没有叫宝钗出来,而是让宝玉直接进宝钗房中去,并说:"他在里间不是,你去瞧他,里间比这里暖和,那里坐着,我收拾收拾就进去和你说话儿。"可是,宝玉和宝钗在里面说话,都说到"下了这半日雪珠儿了",说到黛玉都来了,薛姨妈还没有进来,这催婚老母亲的心理活动跃然纸上。

另一个让人着急的是莺儿的茶。宝玉一进来,宝钗一边给宝玉让座,一边"即命莺儿斟茶来"。可那莺儿简直比贾雨村的八卦之心还要强。宝钗提出要看宝玉的玉,宝玉从项上摘了下来,递在宝钗手内,宝钗托于掌上,正面看,反面看,念了两遍,这一大会儿功夫那莺儿就站在一边,根本没去斟茶,等宝钗回头说她"你不去倒茶,也在这里发呆作什么"时,她还没有去斟茶,却在那里嘻嘻笑道:"我听这两句话,倒像和姑娘的项圈上的两句话是一对儿。"

这又成功把宝玉的八卦之心给激起来了:"原来姐姐那项圈上也有八个字,我也赏鉴赏鉴。"之后宝钗把锁掏出来,宝玉细细看,又细细品味项圈上的字和自己玉上面的字两遍,那莺儿的茶斟来了吗?宝玉的玉莺儿没见过,自家小姐的金项圈还没见过吗?莺儿不但没去斟茶,还在一边笑道:"是个癞头和尚送的,他说必须錾在金器上——"宝钗这时也着急了,不待她说完,便嗔她不去倒茶。

第四篇 《红楼梦》里叹流年

可怜宝玉啊,坐了半天聊了半天,一口茶没喝上。看到这里,不禁想说,如果此时的宝钗是进宫待选的,莺儿万不敢说出这两个人是一对儿的话。很可能在这里,宝钗就已经不可能入宫了,他们总是住在贾府到底是为了什么呢?

黛玉进贾府,是因为贾敏死了,贾母担心黛玉无亲母教导,遂接到身边。那宝钗呢,第四回明确说"近因今上崇诗尚礼,征采才能,降不世出之隆恩,除聘选妃嫔外,凡仕宦名家之女,皆亲名达部,以备选为公主郡主入学陪侍,充为才人赞善之职。"所以准确地说宝钗不是进贾府,而是进京,她的目标是进宫。由此可以推断,如果真有癞头和尚预言"金玉良缘"的话,那么宝钗的金锁要配的玉首选应该是皇帝,毕竟在古人眼中玉是尊贵和权威的象征,皇帝是再适合不过了。

但是,宝钗这进京之路走得可是太辛苦了,贾雨村护送黛玉进京,从扬州登船后"有日到了都中",而宝钗一家从金陵(南京)动身,走了一年!

这一年有没有耽误入宫选拔呢,书中没说。但是,薛家到了京中就再不提待选之事了。薛蟠对薛姨妈提出:"咱们京中虽有几处房舍,只是这十来年没人进京居住,那看守的人未免偷着租赁与人,须得先着几个人去打扫收拾才好。"薛姨妈就说:"我和你姨娘姊妹们别了这几年,却要厮守几日。我带了你妹子投你姨娘家去,你道好不好?"这么看来,薛家在贾府住下应是权宜之策,一是为了腾出时间来打扫自家房舍,二是要与王夫人姐妹二人叙叙旧,可是这一住,就既不提宝钗待选之事,也不提薛家房舍打扫之事了。如果被皇帝挑中,宝钗总得从自己家嫁出去吧?就算不入宫门,宝钗在贾府过的第一个生日是及笄之年,这一年就可以许嫁了,总不能让媒婆到亲戚家来提亲吧?

这也就罢了,反正荣国府房子多院子多,腾出一个梨香院来给薛家住便是。可是等到贾蔷采买了十二官戏子回来,练戏需要在梨香院,薛姨妈宁可"另迁于东北上一所幽静房舍居住,将梨香院早已腾挪出来",也不愿意回自己家去住,这就好比到亲戚家去做客,原本亲戚家还有个客房给他们住,现在人家家里要办喜事,客房也需要占用时,他们宁可住到地下车库也不愿回自己家住,是不是很尴尬?

有些人,有些事,只要自己不尴尬,尴尬的就是别人。

金钏儿投井事件背后

一条新闻刷爆贾府朋友圈:金钏儿投井了!

最先说出这条消息的是贾府的一个老婆子。

第三十二回中,袭人和宝钗正在园中说话,忽见一个老婆子走来,说道:"这是那里说起!金钏儿姑娘好好的投井死了!"

为了怕发生误会,袭人特意问了一句是哪个金钏儿,老婆子说得明白:"那里还有两个金钏儿呢?就是太太屋里的。前儿不知为什么撵他出去,在家里哭天哭地的,也都不理会他,谁知找他不见了。刚才打水的人在那东南角上井里打水,见一个尸首,赶着叫人打捞起来,谁知是他。他们家里还只管乱着要救活,那里中用了!"

这老婆子说的消息基本属实,王夫人身边的丫鬟金钏儿投井了,投井时间和尸体被发现的情况这老婆子也说得很清楚,只是金钏儿投井的原因,老婆子没有说明白。

所以这条热搜就聚焦到了一点:金钏儿为什么投井?

说法一：金钏儿办事不力，被撵出去而投井

此乃官方说法，出自王夫人。

最先爆料金钏儿投井消息的老婆子虽然不知道金钏投井原因，却也透露了重要信息：前儿不知为什么撵她出去。

金钏儿是王夫人跟前的丫鬟，那第一责任人当然是王夫人，所以这个问题王夫人必须给予解释。

王夫人对宝钗解释说："原是前儿他把我一件东西弄坏了，我一时生气，打了他几下，撵了他下去。我只说气他两天，还叫他上来，谁知他这么气性大，就投井死了。岂不是我的罪过。"

按照这一说法，金钏当差办事不力，弄坏了王夫人的一件东西，王夫人一时生气打了她，在那个年代丫鬟挨主子打是常有的事，就算气头上被主子撵了出去，也是正常的。被主子打了就投了井，虽然主子会有自责，也终是丫鬟自己太糊涂了。因此，王夫人把金钏儿投井定性为"一桩奇事"，宝钗听了也称金钏儿是个"糊涂人"。

然而，金钏儿不是一般的丫鬟，她是贾府里资格比较老的大丫鬟之一，从小在贾府里长大，和宝玉及各房小姐关系都很好。能在贾府的人情世故中混了这么多年，见识和气度也非一般丫鬟可比，这么个大丫鬟放在今天也是职场里的中层领导，而且是最接近公

司高层的中层领导。弄坏了主子的东西被打也就算了,怎么就轻易被撵出去了呢?被撵出去也就算了,怎么不争不辩就投井了呢?

王夫人的说法显然不能平息大家的疑问。

说法二:金钏儿井边贪玩,失足掉入井里

这种说法出自宝钗,可以说是对王夫人说法的一种补充。

王夫人的说法只是为了撇清宝玉,把事情经过都揽在自己身上。而甚会察言观色、体贴入微的宝钗就想得更远,她第一时间安慰姨妈,还要第一时间帮姨妈把这事儿解释得更周全一些。

宝钗叹道:"姨娘是慈善人,固然这么想。据我看来,他并不是赌气投井。多半他下去住着,或是在井跟前憨顽,失了脚掉下去的。他在上头拘束惯了,这一出去,自然要到各处去顽顽逛逛,岂有这样大气的理!纵然有这样大气,也不过是个糊涂人,也不为可惜。"

按照宝钗的说法,金钏儿弄坏了王夫人的一件东西,王夫人气头上把她撵出去了,不过大家都知道王夫人是个吃斋念佛的大善人,过两天还会叫她回去的,所以她在家里就只当作放假两天。平时在王夫人面前一向被拘束惯了,这一回家自然玩玩逛逛,才会有失脚掉入井里的事儿。

按照这样的解释,既保护了王夫人想保护的人,也保住了王夫

人自己，甚至贪玩也符合金钏儿的性格，那失足掉入井里的事就是一场意外事故，完全是金钏儿个人的问题。王夫人再赏银子、赏衣服，就成了莫大的善举和恩典。

只是有了宝钗的帮忙，府内上下就能平息流言了吗？

说法三：宝玉强奸不遂　金钏儿赌气跳井

此乃小道消息，出自赵姨娘。

在第三十三回中，贾环带着几个小厮一阵乱跑，遇到贾政，贾环告诉贾政："方才原不曾跑，只因从那井边一过，那井里淹死了一个丫头，我看见人头这样大，身子这样粗，泡的实在可怕，所以才赶着跑了过来。"

贾政一听这样的消息实在惊疑，想家里自祖宗以来一向宽柔以待下人。所以发生此事必须追查。贾环继续说："父亲不用生气。此事除太太房里的人，别人一点也不知道。我听见我母亲……"这就表明这丫头的死因是一件秘闻，且与太太有关。等贾政让众人退去后，贾环才说："我母亲告诉我说，宝玉哥哥前日在太太屋里，拉着太太的丫头金钏儿强奸不遂，打了一顿。那金钏儿便赌气投井死了。"

贾环是听赵姨娘说的。在这种说法中，宝玉是直接责任人，他强奸金钏儿未遂，金钏被打又被撵，最后赌气投井了。贾环的说法就如火上浇油,便得贾政对宝玉动了最严厉的家法。

自此,贾府的热搜上几乎没人再提金钏儿投井了,转而登上热搜的是另一个话题:宝玉挨打。

只是茶余饭后,还是有人会悄悄问一句:宝玉为什么挨打?

中年妇女谁还不曾是个宝?

宝玉曾说:"女孩儿未出嫁,是颗无价之宝珠;出了嫁,不知怎么就变出许多的不好的毛病来,虽是颗珠子,却没有光彩宝色,是颗死珠了;再老了,更变的不是珠子,竟是鱼眼睛了。"从无价之宝珠到死珠,再到鱼眼睛,道尽了女子婚后的辛酸。女子在出嫁前,谁还没有个宝宝梦呢?如果可以,谁都愿意一直活在梦里,直到老得哪儿也去不了,依然被人当成手心里的无价之宝。

凤姐出嫁前肯定是家里的宝。

首先凤姐是美的。在第三回中,凤姐一出场就描述她"一双丹凤三角眼,两弯柳叶吊梢眉,身量苗条,体格风骚"。名门世家的出身更是给了她任性的资本,她小名叫"凤哥儿"。从小就没有娇小姐的柔弱,有的是男孩子一样的杀伐决断。出身高贵、模样好、聪明、会来事儿,再有丰厚的嫁妆加持,凤姐在婚恋市场上那是叫好又叫座,嫁入贾府也是门当户对、风光无限,这样的凤姐无论婚前还是婚后都应当是无价之宝珠。

在贾府,凤姐凭借她出色的才干,上赢得贾母欢心与王夫人信任,下取得宁、荣两府管家媳妇交口称赞。对外执掌荣国府的内宅管理之权,对内遣散妾室做稳琏二奶奶的位置。操持着一大家子的柴米油盐,逢迎着一群群的姑婆叔嫂,料理着一桩桩的内外事务,凤姐逐渐把自己活成了理想中的模样。

然而理想太丰满,现实太骨感,理想的毁灭就在一瞬之间。凤姐的身子越来越弱,小脸儿越来越黄,心也越来越凉。贾琏的身边即使没有多姑娘、鲍二家的,也会有尤二姐和秋桐,凤姐最大的悲剧,不是不被爱,而是在婚姻生活中孤独地撑着。

王夫人出嫁前也是家里的宝。

在七十一回中,凤姐和贾琏吵嘴就炫耀道:"你们看着你家什么石崇邓通。把我王家的地缝子扫一扫,就够你们过一辈子呢。说出来的话也不怕臊!现有对证:把太太和我的嫁妆细看看,比一比你们的,那一样是配不上你们的。"王家的富裕情况可从王夫人和凤姐的嫁妆推断出,未出阁之前的王夫人过的也是千金小姐的生活。她是王家的嫡女,与贾政的婚姻也是门当户对。

而婚前的王夫人是什么样子呢?刘姥姥曾在王家见过未出嫁的王夫人,在第六回中,刘姥姥回忆说:"他们家的二小姐着实响快,会待人,倒不拿大。"着实响快,会待人一语点出曾经的王夫人也是活泼灵动的,少女时期的王夫人有着殷实的家境,受过良好的教育,大家闺秀该有的风度一定都有。可是婚后的王夫人却是个吃斋念佛的极无趣之人,第三十五回,贾母在宝钗面前是这样说王夫人的:"你姨娘可怜见的,不大说话,和木头似的,在公婆跟前就不大显好。"从婚前的"着实响快"到婚后的"不大说话",王夫人到底经历了什么?

生活需要仪式感,撒娇是个技术活儿。王夫人的生活中没有仪式感,也不会撒娇卖萌。王夫人和贾政的中年夫妻生活就如保温杯里的枸杞,不温不火不冷不热,不征服不考验,不沉默不埋怨。

贾政这样面面俱到的老公、贾妃这样极荣光的女儿、宝玉这样极讨人爱的儿子、贾兰这样读书上进的孙子,都只是给王夫人的中年生活织了一袭华美的袍,再华美也抵不住赵姨娘、贾环之流日常在上面养虱子。

薛姨妈出嫁前也是家里的宝。

谁还不曾是个宝宝?薛姨妈应该也会发出这样真切的感叹。作为王家的女儿,姐姐嫁给了荣国府的贾政,自己则婚配有百万之富的金陵皇商薛家。好看的皮囊千篇一律,有趣的灵魂万里挑一,这薛家本是书香继世之家,薛公也是个文学青年。

只羡鸳鸯不羡仙的日子大概就是嫁给爱情的样子,可是薛姨妈的爱情过于短暂,丈夫没和自己做几年鸳鸯就去做神仙了。

薛姨妈的形象像极了中年的黄蓉。《射雕英雄传》里的蓉儿稚气未脱,俏皮可爱,刁钻古怪,敢恨敢爱,不为世俗所累的一身邪气里透着骨子里的正义。而《神雕侠侣》里的黄蓉长大了、成熟了,她从黄老邪的女儿变成了三个孩子的母亲,母爱是伟大的,也是盲目的。为了儿女,黄蓉猜忌杨过,拆散杨过和小龙女,包庇娇纵蛮横的郭芙,从讨人喜欢的少女蓉儿变成惹人生厌的中年黄蓉。《红楼梦》里的薛姨妈丈夫早逝、儿女年幼。自丈夫去世后,薛姨妈的生活里再也没有诗和远方,只能只身扛起所有。

对于儿子薛蟠,薛姨妈"怜他是个独根孤种,未免溺爱纵容",却从没想过人家冯渊也是独根孤种。儿子在金陵惹上了人命官司,她求助姐姐、姐夫帮忙摆平;儿子与贾府一帮纨绔子弟鬼混,性情奢侈,言语傲慢,斗鸡走狗,游山玩水,包养戏子娈童,她也一味地包庇纵容。她以为给儿子娶了媳妇就可以安居乐业,不承想却娶回来个河东狮吼,天天吵得家宅不宁。

儿子的诸多不争气让她把希望寄托在女儿的婚事上,却不知女儿纵然能得到贾府上下的称赞,却得不到最高权威贾母的认可。为了女儿,她讨好贾母,照顾黛玉,想出四角儿俱全的办法,也终没有为女儿赢得美满姻缘。

少女时代的爱情可以是风花雪月诗酒茶,而婚后的生活原来是茶米油盐酱醋茶。中年人最大的悲哀,就是突然读懂了黄蓉、凤姐、王夫人和薛姨妈,有感情要维系,有事业要拼搏,有长辈要照顾,有儿女要抚养,唯独忘记了她们还有自己。

谁的手帕会说话

20世纪80年代一首名叫《丢手绢》的儿歌承载了一代人的记忆,明明是悄悄地放在了小朋友的后面,被放手娟的小朋友却能第一时间反应过来,难道手帕会说话?是的,手帕真的会说话,它会唱一个时代的歌,会体悟个人情感,会传递青春密码……《红楼梦》里的手帕就特别会说话。

黛玉的手帕说酸话

与孤高自许的黛玉相比,行为豁达的宝钗更得下人之心。没有比较就没有伤害,宝钗的到来让黛玉心里充满了酸酸的味道。元春的端午节赏礼,更是让黛玉酸出了新高度。

"两个玉儿"是贾母的心头肉,从黛玉进贾府,贾母就安排两人一处吃一处睡,若有赏礼,自然两人是一样的份例。在二十八回中,元妃初次打破常规,她赏给宝玉和宝钗的份例相同,黛玉则和其他姑娘们相同。虽然宝玉事后补救,但不代表聪慧的黛玉心里不吃味。

宝钗明知道宝玉"心心念念只记挂着林黛玉",明知道黛玉对赏礼吃味,"从来不爱这些花儿粉儿"的宝钗却一改常态,第一时间就把只她和宝玉才有的红麝串子戴在了手腕上,成功挑起了宝玉对其"雪白一段酥臂"的意淫和歪想。黛玉的手帕适时出手,"将手里的帕子一甩,向宝玉脸上甩来。宝玉不防,正打在眼上",打醒了宝玉,也告诉我们,黛玉的手帕可是会吃醋的。

宝玉的手帕说甜话

宝玉挨打,黛玉两个眼睛哭肿得像桃儿一般。为了安抚黛玉,晚间宝玉让晴雯给黛玉送了两条半新不旧的手帕。

这种行为真是让人迷之不解,不仅迷惑了晴雯,而且也一时迷住了黛玉。还好宝玉的手帕会说话,还好黛玉听懂了宝玉的话。黛玉因何而哭,因何而病,因何放心不下,宝玉人不能来,口不能开,只能用手帕代言。

有人知道的苦,不算苦,有人知道的委屈,也不算委屈。两条素帕,一片真心,宝玉送帕表白,黛玉题诗回应,今晚的手帕要多甜有多甜啊。

爱情的世界很大,大到可以装下一百种委屈;爱情的世界很小,小到三个人就挤到窒息。最甜的爱情不是送我金银珠宝,最甜爱情是你说的话,只有我能听懂。

平儿的手帕说苦话

平儿的薄命是有目共睹的。在第三十九回中,李纨说她"可惜这么个好体面模样儿,命却平常,只落得屋里使唤"。落得屋里使唤也就罢了,平儿要伺候的还是贾府里最难伺候的主子——凤姐。

在第六十五回中,下人兴儿说凤姐"嘴甜心苦,两面三刀;上头一脸笑,脚下使绊子;明是一盆火,暗是一把刀,都占全了"。能在凤姐手下做事多年,平儿要付出多少小心和能耐,是一般人难以想象的。而且凤姐做起事来心狠手辣,从来不管什么阴司报应,得罪的人能排一整条宁荣街,凤姐的荣光不会分给平儿半点儿,凤姐若要找人当垫背的,平儿却一件也逃不掉。

在第四十四回中,凤姐现身贾琏偷腥现场,凤姐怒贾琏恼,贾琏和鲍二家的调情间赞了平儿两句,凤姐就"打的平儿有冤无处诉",平儿气恼打了几下鲍二家的,贾琏便上来踢骂平儿。纵然平日里能在"贾琏之俗,凤姐之威"之间周全妥帖的平儿,今日里也被逼得"找刀子要寻死"来明志。

一场闹剧后,平儿被李纨拉入大观园里,委屈的平儿哭得哽咽难抬,她遗落在怡红院里的手帕上面犹有泪痕,那上面岂止是泪,是平儿说不完道不尽的苦啊。

第四篇 《红楼梦》里叹流年

贾琏的手帕说辣话

在第六十回中,贾敬去世,贾珍、尤氏并贾蓉在铁槛寺中守灵,宁国府里托尤老娘并尤二姐和尤三姐照管,这就给贾琏勾搭尤二姐制造了机会,全程可以说是十分地辣眼睛。

贾琏和尤二姐的会面,那是天雷勾地火。两人郎有情妾有意,贾琏拿眼瞟着二姐,二姐低头含笑不理,贾琏借吃槟榔试探心意,最后把自己身上带的九龙珮解下来,拴在手帕上,扔给二姐。从此,确认过眼神,两人都认为对方是自己对的人。

恋爱脑的尤二姐遇上撩妹老手贾琏,二人走进了火辣辣的情场。贾琏坐享齐人之福,尤二姐做着豪门生活的美梦,到死尤二姐都不会明白,她的爱情是贾琏拴在手帕上随手扔过来的,而她也随手把自己的余生都扔了过去。

贾芸、小红的手帕说尽人间五味

贾芸和小红都不满足于平淡的生活,为了改变命运,二人都遭遇了人世冷暖。在第二十四回中,贾芸被舅舅嘲弄,小红被怡红院的丫头奚落。改变她们命运的是凤姐,小红的聪明能干得到了凤姐的赏识和提拔,贾芸的冰片麝香得到了凤姐的偏爱,从此,原不相干的两个人就有了共同的世界。小红遗失了手帕,贾芸偷换自己的手帕还回去,从此,二人便又有了共同的牵绊。

然而,小红不是尤二姐,她不会坐等爱情为她安排余生,她在凤姐处当差,本就聪明灵慧的她经过凤姐的调教,才干也不输平儿。小红也不是平儿,她的父母是林之孝夫妻,贾府的大管家,有这样的父母做主,小红的将来不会黯淡。

贾芸和小红都是世上最平凡的追梦人,也是最能实现梦想的圆梦人。

他们拼尽全力,尝尽人间百味,成为最恩爱的夫妻、最真挚的朋友、共同进步的伙伴,白首时回望那青春悸动的手帕,才会感慨:真正好的爱情是,你很好,我也不差。

贾府里的过年

贾府里的年味从腊月底开始,要持续整个正月。

腊月:办年货

在第五十三回中描写了贾府从腊月到正月的"办年事"过程。年货是一进入腊月就开始办的:"当下已是腊月,离年日近,王夫人与凤姐治办年事。"荣国府办年货的主要负责人是王夫人和凤姐,宁国府办年货主要负责人是贾珍。"此时荣宁二府内外上下,皆是忙忙碌碌。"

就宁、荣二府来说,宁国府居长,贾家宗祠也在宁国府,所以贾珍办理年事的第一要务就是打扫宗祠。"贾珍那边,开了宗祠,着人打扫,收拾供器,请神主,又打扫上房,以备悬供遗真影像。"再者就是进宫领皇赏、打点针线礼物等。

贾府的年货主要靠地租。负责给贾府送年货的是黑山村的庄头乌进孝。这一年乌进孝送来的年货有:"大鹿三十只,獐子五十只,狍子五十只,暹猪二十个,汤猪二十个,龙猪二十个,野猪二十个,家腊猪二十个,野羊二十个,青羊二十个,家汤羊二十个,家风羊二十个,鲟鳇鱼二个,各色杂鱼二百斤,活鸡、鸭、鹅各二百只,风鸡、鸭、鹅二百只,野鸡、兔子各二百对,熊掌二十对,鹿筋二十斤,海参五十斤,鹿舌五十条,牛舌五十条,蛏干二十斤,榛、松、桃、杏穰各二口袋,大对虾五十对,干虾二百斤,银霜炭上等选用一千斤、中等二千斤,柴炭三万斤,御田胭脂米二石,碧糯五十斛,白糯五十斛,粉粳五十斛,杂色梁谷各五十斛,下用常米一千石,各色干菜一车,外卖梁谷、牲口各项之银共折银二千五百两。外门下孝敬哥儿姐儿顽意:活鹿两对,活白兔四对,黑兔四对,活锦鸡两对,西洋鸭两对。"

如此丰富冗长的年货单对于富贵豪奢的贾府还是略显不足。乌进孝费了很多口舌才得到贾珍的勉强接受。另外需要说明一点的是,这些年货不仅供应宁、荣二府,还要分发给族中子侄,当然是族内家境相对比较贫困的家户,像贾芹这样的来领年货当然会被贾珍骂回去。

腊月二十九:贴对联

"总把新桃换旧符"是辞旧迎新的重要仪式。腊月二十九这一天,"各色齐备,两府中都换了门神、联对、挂牌,新油了桃符,焕然一新"。除了贴上对联,贾府还要从内到外进行一番布置,彰显节日气氛,"宁国府从大门、仪门、大厅、暖阁、内厅、内三门、内仪门并内塞门,直到正堂,一路正门大开,两边阶下一色朱红大高照,点的两条金龙一般"。对照我们今天的年俗和室内装扮,真是大同小异。

腊月三十白天:祭宗祠

祭宗祠类似于今人春节前的"请祖宗",只是贾府祭宗祠的排场和礼仪非普通人家的"请祖宗"可比。

腊月三十这天,所有有诰封者都必须进宫朝贺,再到宁国府祭宗祠,这叫先国礼后族礼。贾家宗祠在宁国府西边的一个院子里,正堂内有宁、荣二祖遗像,先由男子献祭,即宁国府里地位最长的贾敬主祭,难得好道炼丹不理家务的他这几天回家来主持祭礼。贾赦陪祭,从文字辈到玉字辈再到草字辈,焚帛祭酒,礼毕退出。

贾敬等人退出后,贾母带领女眷进入堂内,贾蓉作为长房长孙随女眷列于槛内,槛外是贾敬、贾赦,贾荇、贾芷等从内仪门挨次列站,直到正堂廊下。众家小厮皆在仪门之外。祭祖的每一道菜从仪门外传入,贾荇、贾芷接了按次传至正堂槛外的贾敬手中,贾敬捧给槛内的贾蓉,贾蓉传给其妻,再由贾蓉妻传给凤姐、尤氏直至贾母,贾母再捧放于供桌上。菜品传完,贾蓉退出正堂,归入草字辈阶位之首。贾母拈香下拜,众人方一齐跪拜。

整个祭祠过程庄严肃穆、次序谨严,彰显了古代家族内部的层级尊卑和以"孝悌"为核心的处世原则。

腊月三十晚:吃团圆饭

祭完宗祠,众人至荣国府与贾母共吃年夜饭。贾敬贾赦等领诸子弟进来,先给贾母行礼,之后按长幼挨次归座受礼。"散押岁钱、荷包、金银锞,摆上合欢宴来。"相当于我们现在除夕的年夜饭时分发压岁钱。男东女西就座,年夜饭主要有"屠苏酒、合欢汤、吉祥果、如意糕"等,除此之外,整个府内"上下人等,皆打扮的花团锦簇,一夜人声嘈杂,语笑喧阗,爆竹起火,络绎不绝"。穿新衣,迎新年,处处爆竹响,人人笑开颜。

大年初一:贺新年

大年初一五鼓,贾母等按品大妆,先进宫朝贺,由于元春生日是大年初一,所以还要兼祝元春千秋。从宫里回来,再次到宁国府祭祖,之后回荣国府才开始新年的吃喝玩乐生活:亲友聚会、赶围棋抹牌作戏、吃年酒。

从初一开始七八日里,"王夫人与凤姐是天天忙着请人吃年酒,那边厅上院内皆是戏酒,亲友络绎不绝"。亲朋好友聚餐迎接新年,真是古往今来不变的欢庆方式。

元宵节:家宴赏戏

元宵节是正月特别重要的节日,贾府家宴摆在荣国府大花厅内,"贾母花厅之上共摆了十来席。每一席旁边设一几,几上设炉瓶三事,焚着御赐百合宫香"。又定一班小戏,满挂各色佳灯,吃酒、听戏、吃元宵、放爆竹、制灯谜,说不尽的太平景象,富贵风流。

新年是除旧迎新的时刻,大家互道祝福期许未来,而新年愿望的真正实现并不在于祈祷,而在于当下的奋斗。诗礼簪缨的贾府安富尊荣者尽多,运筹谋划者无一,这场极荣极盛的华筵之焰火有多绚烂,来年的末世就有多哀痛。

《红楼梦》里的回娘家

古代女子出嫁相当于二次投胎,出嫁后娘家就成了外人,无论欢喜还是忧愁,轻易是不能回娘家的。如果真要回娘家,那可不是一件简单的事。

元春省亲

《红楼梦》里的女儿回娘家,重头戏就是元春省亲。

贾元春"因贤孝才德,选入宫中作女史",后又"晋封为凤藻宫尚书,加封贤德妃"。按正常来说,贾元春是根本不可能回娘家的,在第十六回中说,因"如今当今贴体万人之心,世上至大莫如'孝'字,想来父母儿女之性,皆是一理,不是贵贱上分别的"。当今圣上考虑到宫中妃子入宫多年,思念父母家人,不仅准许妃子的家人每月逢二、逢六日入宫探亲,而"凡有重宇别院之家,可以驻跸关防之处,不妨启请内廷銮舆入其私第,庶可略尽骨肉私情、天伦中之至性"。也就是说,只要有专门的省亲别院,就可以奏请皇帝,准许妃

第四篇 《红楼梦》里叹流年

子回娘家探亲。

回是可以回了,可是元春的整个回娘家过程,处处透着身不由己的憋屈。

时间不能自主,要到宝灵宫拜佛,要讲究吉时,要进太明宫领宴看灯方请旨,从凌晨两三点折腾到夜晚八九点才到了贾府,最终返程的时间也要听从执事太监安排,一切都是"怎奈皇家规范,违错不得"。

礼节仪式不能自主,哪里更衣,哪里燕坐,哪里受礼都事先安排定好,一丝不能错乱。

要见哪些人不能自主,像薛姨妈、宝钗、黛玉这些女眷属于外眷无职,未经许可不能擅入,更别提其他人等。

要说哪些话不能自主,见到至亲,元春则是"满心里皆有许多话,只是俱说不出,只管呜咽对泣"。至于是说不出还是不敢说,就耐人寻味了。

要说心里话,元春也不是没有,她隔帘含泪对父亲贾政说:"田舍之家,虽齑盐布帛,终能聚天伦之乐;今虽富贵已极,骨肉各方,然终无意趣。"

贾政立马义正词严地教训她一番,并告之她"贵妃切勿以政夫妇残犁为念,懑愤金怀,更祈自加珍爱。惟业业兢兢,勤慎恭肃以侍上,庶不负上体贴眷爱如此之隆恩也"。

翻译一下就是:

元春:"爸,我过得很不好,我很想你们。"

贾政:"别胡思乱想,好好上班吧!"

迎春回娘家

迎春的悲剧是无法立足于婆家,无法求救于娘家。嫁出去的女儿泼出去的水,迎春就像贾赦泼出去的水,任其自生自灭。

迎春受尽渣男孙绍祖的虐待和折磨,她唯一的避难所只剩下贾府,在第八十回中,迎春终于有机会回娘家诉衷肠、倒倒苦水。迎春诉说孙绍祖"一味好色,好赌酗酒,家中所有的媳妇丫头将及淫遍。略劝过两三次,便骂我是'醋汁子老婆拧出来的'。又说老爷曾收着他五千银子,不该使了他的。如今他来要了两三次不得,他便指着我的脸说道:'你别和我充夫人娘子,你老子使了我五千银子,把你准折卖给我的。好不好,打一顿撵在下房里睡去。当日有你爷爷在时,希图上我们的富贵,赶着相与的。论理我和你父亲是一辈,如今强压我的头,卖了一辈。又不该作了这门亲,倒没的叫人看着赶势利似的。'"

翻译一下就是:

迎春:"孙家太欺负人了,你们能不能帮我撑腰啊?"

面对迎春的哭诉,整个贾府没有一个人给她想要的回答,冷漠的父母兄嫂也一概不管不问,只有做婶子的王夫人回她一句:"我的儿,这也是你的命。"

第四篇 《红楼梦》里叹流年

袭人回娘家

第十九回是袭人第一次回娘家。一早,袭人母亲来回过贾母,接她回去的。袭人回到家里与几个表姐妹和堂姐妹一起吃果茶聊天,这确实是普通人家过年时节其乐融融的景象。宝玉的突然到来打破了这一景象,袭人演绎了一场争荣夸耀的个人秀:她拿自己的坐褥给宝玉坐,拿自己的脚炉给宝玉垫脚,拿自己的手炉放于宝玉怀中,拿自己的茶杯给宝玉斟茶。一系列的动作就是向家人告白:她和宝玉关系很不一般。

第五十一回是袭人第二次回娘家。袭人母病重,她哥哥来求王夫人恩典,接她回家。此时的袭人已今非昔比,她是王夫人内定的宝玉妾室的不二人选,这时回娘家就不仅仅是花家的女儿,而是贾府的"准姨娘"了。在凤姐的一番张罗下,袭人回去的排场相当大:带着周瑞家的和一个媳妇,两个小丫头,两个小子,四个有年纪的跟车的,一辆大车,一辆丫头们坐的小车,包袱要拿好的,手炉要拿好的,一头的金钗珠钏和一身的锦绣绫罗。这一次袭人让家人明确知道:她和宝玉关系真的不一般。

袭人的成功之处在于,她既拥有在贾府争得自己地位的能力,也有娘家人随时可以将她赎回的底气。不管将来袭人结局如何,至少这一刻的袭人是幸福的。

一个出嫁女娘家人正确的打开方式就是:在婆家好好过日子,过不下去了也别受委屈,回来家里养你!

绣春囊到底是谁的?

在第七十三回中,一个叫傻大姐的丫头在大观园内捡到了一个五彩绣春囊,邢夫人和王夫人都慌了。

这春囊上面绣的是男女欢爱图,王夫人首先怀疑的是凤姐,因为凤姐和贾琏是家中唯一一对年轻夫妇。面对王夫人的诘问,凤姐也更了颜色,忙问:"太太怎知是我的?"

王夫人又哭又叹说道:"你反问我!你想,一家子除了你们小夫小妻,余者老婆子们,要这个何用?再女孩子们是从那里得来?自然是那琏儿不长进下流种子那里弄来。你们又和气,当作一件顽意儿,年轻人儿女闺房私意是有的。你还和我赖!"王夫人这是凭空武断,只凭着凤姐和贾琏是家里唯一的年轻夫妻就认这是凤姐的。

凤姐不愧是贾府常年办案的专业人员,具有极强的侦察与反侦察能力,她看了两眼绣春囊,一番说辞就了然于胸。她从物品的针线、做工、自己的行事风格以及园内可疑人物范围等为自己做了一番辩白,把自己从这是非中摘干净。

在凤姐的一番辩白和劝解下，王夫人原本已经打算"平心静心暗暗访察"的，可是看热闹不嫌事儿大的邢夫人把她的得力心腹王善保家的派来了，这王善保家的给王夫人出主意："如今要查这个主儿也极容易，等到晚上园门关了的时节，内外不通风，我们竟给他们个猛不防，带着人到各处丫头们房里搜寻。想来谁有这个，断不单只有这个，自然还有别的东西。那时翻出别的来，自然这个也是他的。"就这么着，在王夫人的授意下，一个由王善保家的和凤姐为首的"绣春囊专案组"就成立了。在第七十四回中，"专案组"当夜紧急行动，对大观园进行一番搜查活动。

这真是不怕没好事，就怕没好人。

"专案组"打着"丢了一件要紧的东西，查一查去疑"的幌子，首先从上夜的婆子处开始，只搜出一些"多余攒下蜡烛灯油等物"。尽管这些物品与本案无关，王善保家的还是本着"有权不用，过期作废"的态度，依然决定扣押了再说。

搜查第二站就是宝玉的怡红院。王善保家的带人把大、小丫头的箱子并匣子挨次一一搜过，被搜就能证明清白，抗拒就可能百口莫辩，这就是谁觉得尴尬谁尴尬。

就连正病着的晴雯，这会儿也不顾病体，"挽着头发闯进来，豁啷一声将箱子掀开，两手捉着底子朝天，往地下尽情一倒，将所有之物尽都倒出"。王善保家的终是在这里一无所获，很是没趣。

凤姐建议不能搜查宝钗，王善保家的也不傻，她再逞凶也不敢

第四篇 《红楼梦》里叹流年

去动王夫人的外甥女。于是,"专案组"绕过了宝钗的蘅芜苑,第三站来到了潇湘馆。

在潇湘馆里搜获的成果就是从紫鹃房中抄出的"两副宝玉常换下来的寄名符儿,一副束带上的披带,两个荷包并扇套,套内有扇子。打开看时皆是宝玉往年往日手内曾拿过的"。由于确实是宝玉所赠之物,加上有凤姐在一旁帮着分辨,众人偃旗息鼓去了下一站——秋爽斋。

"专案组"有一条公认的规矩就是只搜丫鬟不查小姐,可是在有"玫瑰花"之称的探春这里,事情难办了。

探春向来与众不同,她没有睡觉没有关门,而是"命众丫鬟秉烛开门而待"。听说要抄检她的丫头们,探春冷笑道:"我们的丫头,自然都是些贼,我就是头一个窝主。既如此,先来搜我的箱柜,他们所有偷了来的都交给我藏着呢。"说着便命丫头们把箱柜一齐打开,将镜奁、妆盒、衾袱、衣包若大若小之物一齐打开,请凤姐去搜查,明确告诉凤姐众人:"我的东西倒许你们搜阅,要想搜我的丫头,这却不能。我原比众人歹毒,凡丫头所有的东西我都知道,都在我这里间收着,一针一线他们也没的收藏,要搜所以只来搜我。"

从大观园一有动静,探春就探得了消息,她算准了这些人不是来查什么偷东西的,定是有人无事生非、谗言蛊惑,拿起鸡毛当令箭来大观园耍横的。

耍横谁不会啊,我的地盘我做主,要说耍横还得看探春三姑娘！不是说查贼捉赃吗，擒贼先擒王，探春说自己就是那个贼王！别说那些婆子，就是凤姐也不敢搜这带刺的玫瑰。凤姐不仅不会搜查探春的东西，还对探春这种挺身护丫头的担当劲儿十分欣赏。

见好就收，凤姐和周瑞家的都要准备赶赴下一站了，那个王善保家的似是要刷存在感，突然故意上前掀探春的衣襟，说："连姑娘身上我都翻了，果然没有什么。"这对探春可是一种巨大的侮辱，凤姐连她的箱子都不敢翻，这个奴才竟然上来搜她的身子，还真拿她当贼啊，一记响亮的耳光让你知道，以后别拿不发威的老虎当病猫！

一记耳光打出了探春宣示主权的正气和对抄检行为不满的怒气。家丑不可外扬，平儿都曾说过："大事化为小事，小事化为没事，方是兴旺之家。若得不了一点子小事，便扬铃打鼓的乱折腾起来，不成道理。"平儿都知道的道理，王夫人等人却不懂。家里发现了丑闻，不是想着如何保密、如何团结、如何解决，而是曝光于众目睽睽之下，任凭一众人等大张旗鼓地闯入闺房小姐们的地盘搜检，势必会影响众小姐的声誉，影响她们的婚配，进而影响整个贾家的运势和前途。

清醒的人最痛苦，众人皆醉我独醒的探春孤独而痛苦。她的一巴掌响亮却没能打醒众人，专案组狼狈地离开秋爽斋又赶赴下一站，只是谁也没料到，王善保家的又被打脸了。

迎春的大丫鬟司棋是王善保家的外孙女儿，在司棋的箱子里搜出了司棋与表哥潘又安私相授受的物品和书信,王善保家的抄检之初有多得脸,现在就有多打脸。这次也用不着别人动手,自己打着自己的脸骂道:"老不死的娼妇,怎么造下孽了!说嘴打嘴,现世现报在人眼里。"

这场抄检大观园的"专案行动"也就在王善保家的打脸声中结束了。

第二天,大家还在对昨晚的事议论纷纷……

宝钗:"这里水太深,俺要回农村。"

李纨:"昨晚到底发生了什么,我什么也不知道啊。"

探春:"打架一时爽,背后泪千行。"

宝玉:"昨晚园子里进贼了?"

众人:"偷东西的人找到了吗?"

…… ……

傻大姐:"不应该查谁丢了东西嘛,怎么查起谁偷东西了?他们是不是傻?"

写在最后

《红楼梦》是一本闲书。

每每我读《红楼梦》时,就会想到我的妈妈讲的这句话:"看闲书掉泪,替古人担忧。"

我的妈妈没读过多少书,她并不能体会我读书的乐趣,在妈妈的眼中,于考试无用,甚或不能大幅度提高成绩的书都是"闲书"。妈妈这句随意的话用来说《红楼梦》则很是恰当,虽然现在很多学校都把《红楼梦》作为学生的必读书目,但是被繁杂浩瀚的题海压得喘不过气的学生是没有耐心细细品读全书的,反而是在没有了考试压力后的成年人在闲暇之时、业余之际才会耐心地读出趣味来。书里的石头无材可去补苍天,而书自身好像也满足不了学生快速阅读和考试提分的需求。所以,对于很多人来说,《红楼梦》就是一本闲书。

与现在中小学阶段就通读原著的学生相比,我的阅读起步算是很晚。我第一次遇见《红楼梦》原著,是在中学语文老师张同月的办公室里。那是阅读资料极其匮乏的年代,厚厚的一本《红楼

细读红楼:儿女情长里的家世兴亡

梦》放置在老师的办公桌上,包装古典雅致的书皮包装,极为引人注目,像端坐在那里的大家闺秀,默默无语却一颦一笑都在说话。能感觉得出来张老师很珍爱这本书,我没敢乱动老师的书籍。但是就像贾雨村在甄士隐家里初遇娇杏,小红在怡红院初遇贾芸一样,我也一步三回头地"下死眼"多看了几眼,就这么多看了几眼,就注定了是一生的缘分。

高考后的那个夏天,我要做的第一件事就是通读《红楼梦》。在那个租书店最风光的时代,几块钱就可以包月,最热租的当属琼瑶和金庸的书。《红楼梦》原著一般被店里放置在最顶端用以充当门面。当我租走一本《红楼梦》的时候,老板还问我能不能看懂。那个夏天,《红楼梦》陪我度过了最难熬的高考出分、填报志愿、等待录取的时光,因为有了《红楼梦》的陪伴,现在回忆起那段时光就不全是焦虑和等待。

也是在那段时间里,我真正体会到了读闲书的乐趣。因为闲,才会有耐心与细心慢慢揣摩书中的内容;因为闲,才会于细微处探得世事与人生;因为闲,才会听得见书的声音,与作者进行心灵对话。难怪顽石会对空空道人说,它的这段故事只愿人们在"醉淫饱卧之时,或避世去愁之际"读读,不经意间我竟读懂了顽石这句话。

枕上诗书闲处好。闲暇光阴,安谧静好,偶读几页枕边书,是一种心灵的慰藉与享受。阅读本身就是闲暇时间做的事,任何年龄都有自己闲处的时间,任何年龄都有自己的阅读视角,任何年龄

写在最后

都有自己的思考和所得,任何年龄遇见《红楼梦》都是最好的安排。

2017年,我在学校第一次组织大学生暑期读书活动时,就把《红楼梦》作为阅读书目。同学们在阅读中自发地分成黛玉派、宝钗派、袭人派、晴雯派……更令人欣喜的是,同学们竟然自觉地将《红楼梦》阅读与所学专业相结合,园林学院的学生从大观园里学习古典园林知识,茶食学院的学生从红楼人物的餐食学习饮食文化,经文学院的学生从海棠诗社和香菱学诗中学习了古典诗词知识,同学们真正体会到了阅读《红楼梦》的乐趣,我们也真正懂得《红楼梦》是一本百科全书的含义。

而我萌生写作《红楼梦》阅读心得短文的念头,是在儿子读高一时。《红楼梦》是学校老师要求的必读书目,作为理科生的儿子不爱读《红楼梦》,却很喜欢听我给他讲红楼人物和故事。我就把给儿子讲述的故事整理成公众号推文,得到了很多爱红楼的朋友点赞分享。于是,我的公众号一时间竟成了我的"大观园"。在这里我好像走进了红楼的"大观园",与他们每个人对话,参与他们每个人的生活,又把他们每个人的故事分享出来,我在阅读之乐外,又体会到了写作之趣,这是这么多年来读《红楼梦》带给我的又一收获。

我的诗词老师西岭雪先生对《红楼梦》颇有研究,有"民间红楼研究第一女性"之称,她创作的《宝玉传》《黛玉传》是我认为的最好的红楼续书。她写作的《西岭雪探秘红楼梦》以精致敏锐的灵性笔触对红楼故事进行抽丝剥茧,对我很有启发。在我写作这本书的过程中,她给予了我非常大的支持和帮助。与她亦师亦友的相处中,"香菱学诗"的画面经常出现在我的面前,她就像黛玉老师指点香菱学诗一样,指点我这个"笨香菱"写诗写文章。先生的文学功底和修养让我望尘莫及,她的指点和鼓励是我坚持写作的动力,也是我一生的财富。

我的研究生导师秦国荣先生是个法学专家,同时他也是一位文学爱好者。他总是鼓励我们学习法律的同时要读一些文学著作,秦老师在法学方面著作等身,业余时光也喜欢写作一些文学评论文章。秦老师犀利的文笔、幽默的文风和严谨的逻辑论证给了我很大的启发和思考,在我写作本书的过程中,秦老师和师母二人经常对推文阅读点评,他们的鼓励和支持一直伴随我坚持到最后。

同时,在本书写作过程中,我还要感谢我的家人。我的爱人是我的文章的第一读者,日常生活中帮我分担一些家务,让我更有精力和时间专注于写作。我的儿子也是我文章写作的陪伴者,繁忙的高中生活中,我们母子二人经常探讨红楼人物性格和故事情节,他努力上进和严于律己的品格让我欣慰。我今天取得的所有成绩,离不开他们的支持和付出,他们是我的力量源泉。

感谢好朋友杨昌红老师为本书提供插图创作,感谢江苏农林职业技术学院傅浩兰老师将本书文章制作成音像作品在喜马拉雅平台播出,感谢江苏农林职业技术学院唐智老师对全文进行校稿

写在最后

修订,感谢南京大学出版社张婧妤女士对本书的策划和编辑。

感谢所有喜欢红楼的朋友们。

丁志春

2023年秋